같이 읽어요,

오늘도

같이 읽어요, 오늘도

추천사

내가 만난 '책여사'는 밝고 활기찬 에너지와 단단한 내면을 동시에 갖춘 보기 드문 사람이다. 책을 향한 사랑도 전보다 훨씬 깊어졌다. 그 기쁨을 다른 이들과 나누는 모습은 곁에서 바라보는 것만으로도 주변을 환하게 밝히는 힘이 있다.

이 책은 그런 저자의 모습과 꼭 닮아 있다. 책장을 넘기는 내내 저자와 직접 대화하는 듯한 생동감이 느껴지고, 활달한 문체 속에 녹아 있는 통찰은 깊은 공감을 불러일으킨다.

이 책에는 예기치 못한 사고를 성장의 동력으로 바꾼 저자의 치열하고도 다정한 독서기가 담겨 있다. 완독의 강박을 깨는 '10페이지 독서법'부터 '틈새 독서의 기술'까지, 15만 명의 친구를 얻기까지 쌓아온 실전 노하우도 명쾌하게 담았다. 책을 통해 수많은 친구와 연결된 저자의 궤적은, 독서가 한 사람의 인생을 얼마나 넓힐 수 있는지 생생하게 보여준다.

독서를 통해 일상을 역전시키고 싶은가? 여기 당신을 위한 가장 든든한 파트너가 있다. 책을 통해 자신을 더 사랑하고 싶은 모든 분께 이 책을 기쁜 마음으로 권한다.

김익한 │ 기록학자, 『거인의 노트』 저자

멋져 보이고 싶어서 어려운 책을 읽는 척해본 적이 있는가. 너무 외롭고 할 일이 없어서 어쩔 수 없이 책을 펼쳐본 적이 있는가. 허세 때문에, 외로움 때문에, 참을 수 없는 심심함 때문에 책을 펼쳐본 적이 있다면, 분명 따스한 마음의 소유자인 당신은 이 책의 한없이 솔직하고도 가슴 찡한 책 이야기에 마음을 열 수밖에 없을 것이다. 스물아홉 살 어느 날 밤 고속도로 위에서 큰 교통사고를 겪은 뒤, 홀로 병실에서 고통과 싸우며 비로소 처음으로 갖게 된 '멈춤의 시간'. 그 어쩔 수 없는 삶의 정지신호 앞에서 시작된 독서는 저자의 인생을 바꿔놓는다. 멋져 보이고 싶어서 읽었던 책이, 살기 위한 책으로, 살아남기 위한 책으로, 내 삶뿐 아니라 타인의 삶을 어루만지는 책으로 바뀌게 된 것이다.

책은 그녀를 다그치지 않았다. 더 빨리 읽으라 재촉하지도, 깊이 이해하라 압박하지도 않았다. 다만 "너만 힘든 게 아니야"라고, "잠시 쉬어도 괜찮아"라고, 말없이 어깨를 내어주었다. 그 위로는 조용했지만 많은 것을 바꾸어놓았다. 독서를 권하는 책들은 많다. 하지만 이 책은 다르다. 성과와 성장 이전에, 위로와 동행을 먼저 건넨다. 그 저변에 흐르는 것은 결국 책과 함께라면 괜찮다는 단순하고도 깊은 믿음이다.

'책여사'라는 자신의 새로운 닉네임을 너무도 사랑하는 저자는 인생의 벼랑 끝에서 만난 책들을 우리 앞에 펼쳐 보이며 마침내 '행복한 작가'로 거듭나게 되었다. 한때 한 권의 책을 끝까지 읽는 것도 힘들었던 저자는 1년에 무려 150여 권의 책을 읽고 15만 명의 팔로워와 책 이야기를 나누며 매일매일의 일상을 눈부신 축제로 만들었다. 책을 '베프'이자 '멘토'로 삼을 수만 있다면, 우리 또한 무미건조한 하루하루가 매일매일 축제로 바뀌는 눈부신 경험을 할 수 있을 것이다.

정여울 | 작가, 『데미안 프로젝트』 저자

차례

추천사 · 6

프롤로그 | 1년에 0권 읽던 내가 15만 명의 친구들과 책 이야기를 나누기까지 · 10

1장 어느 날 책이 내 인생에 들어왔다

교통사고가 가르쳐준 멈춤의 기술 · 17

책이라는 낯선 세계로 뛰어들다 · 23

가면 쓴 '착한 아이'가 책을 만났을 때 · 28

불안한 마음을 붙잡아준 고전의 문장 · 34

최악의 모습까지 사랑할 수 있을까 · 40

책을 읽으면서 쌓이는 나만의 자신감 · 45

(책여사의 독서 꿀팁) 내 마음을 읽어주는 책 처방전 · 50

2장 책이라는 낯선 세계로 뛰어든 당신에게

베스트셀러보다 내 감각을 믿기 · 59

(책여사의 독서 꿀팁) 독서 입문자를 위한 추천 도서 · 65

아주 작은 것부터 시작해도 괜찮아 · 70

죽은 시간을 살리는 틈새 독서의 기술 · 76

밤 독서를 위한 나만의 서재 만들기 · 82

의지박약을 위한 작심삼일 독서법 · 88

얇은 책, 만만한 책, 예쁜 책으로 책태기 극복하기 · 95

(책여사의 독서 꿀팁) 하루 10분 독서 루틴 워크북 · 101

3장 독서로 더 충만해지는 일상

호캉스 대신 떠나는 북캉스 · 109

독서는 최고의 수면제 · 116

(책여사의 독서 꿀팁) '꿀잠'을 위한 침실 독서 루틴 · 122

사랑하는 사람에게 책 선물하기 · 126

숙성 독서의 기쁨과 슬픔 · 133

독서 대식가에서 미식가로 · 139

이왕이면 같이 읽는 게 좋잖아요? · 143

독서 모임에서 '쭈글이'가 되지 않는 방법 · 149

(책여사의 독서 꿀팁) 실패 없는 독서 모임 200% 활용 팁 · 155

4장 꾸준히 읽는 사람은 어디로든 나아간다

기록하면 연결된다 · 165

알고리즘도 감동한 진심 가득 책 리뷰 · 173

정체기는 더 큰 도약의 시작 · 180

성공한 덕후, 작가를 인터뷰하다 · 187

뻔한 인생을 뒤집는 책의 힘 · 193

(책여사의 독서 꿀팁) '좋아요'를 부르는 SNS 게시물의 비밀 · 200

5장 읽기의 세계에서 쓰기의 세계로

읽는 사람에서 쓰는 사람으로 · 209

엉망진창 초고가 답이다 · 215

레몬트리에게 배운 덜어냄의 미학 · 222

다시, 첫 페이지를 넘기며 · 229

(책여사의 독서 꿀팁) 책여사의 인생 책 · 235

에필로그 | 책을 읽고 나는 내가 더 좋아졌다 · 240

이 책에 소개된 도서 목록 · 244

프롤로그

1년에 0권 읽던 내가
15만 명의 친구들과 책 이야기를 나누기까지

"방귀가 잦으면 똥 나온다."

제가 참 좋아하고 자주 쓰는 애착 속담입니다. 비슷한 말로 "방귀가 자라서 똥이 된다"라고도 하더군요. 입에 착 감기는 말맛과 기분 좋은 재치, 뼈를 울리는 타격감까지…. 정말이지 감탄할 수밖에요. 뭐든 자주 하면 반드시 어떤 '결괏값'이 생긴다는 진리를 이토록 원초적이고 재미있게 표현한 문장이 또 있을까 싶습니다.

왜 이런 지저분한 이야기로 책을 시작하냐고요? 학창 시절 지독한 변비에 시달려본 저는 이 문장이 건네는 은밀하고도 강렬한 메타포에 격하게 공감하거든요. 어쩌면 무의식중에 '쾌변'에 대한 동경이 있었는지, 지금은 방귀 잘 뀌고 똥 잘 누는 장 건강한 남자와 살고 있기도 하고요. (여보, 미안해. 내 책 팔려면 당신의 장 건강 정도는 팔아야겠어.)

남편의 은밀한 속사정까지 들먹이며 제가 하고 싶었던 말은 사실 이것입니다. "책 읽기가 잦더니, 결국 책을 썼다." 책을 좋아해 읽고 또 읽다가, 혼자만 알기 아까운 책을 꾸준히 소개하게 되었고, 그 덕에 이렇게 제 이름으로 된 책까지 내게 된 기적 같은 사연에 이보다 더 적절한 비유가 있을까요?

1년에 책 한 권도 안 읽던 사람, 책에 빚지다

그런데 제가 불과 10년 전까지만 해도 1년에 단 한 권의 책도 읽지 않았던 사람이라면 믿으시겠어요? 지금은 '책여사'라는 부캐로 15만 팔로워와 소통하며 책을 소개하고 있지만, 과거의 저는 책과 담을 쌓고 지내던 사람이었습니다. 아니, 책을 읽는다는 것조차 사치로 느껴질 만큼 팍팍한 삶을 살던 청춘이었습니다.

지금 저는 정말이지 책에 빚진 삶을 살고 있습니다. 만약 10년 전, 제 삶을 송두리째 흔들어놓은 어떤 '강제된 멈춤'의 시간이 없었다면, 그리고 그 멈춤 속에서 우연히 책을 집어 들지 않았다면, 저는 지금쯤 어디서 어떻게 살고 있을지 상상조차 하기 싫습니다. 저를 책의 세계로 인도한 그 '아찔했던 사고'와 '운명적 만남'의 이야기는 본문에서 찐하게 들려드릴게요. 기대하셔도 좋습니다.

분명한 건, 책을 만나기 전의 제 삶은 꽤나 혼란스러웠다는 겁니다. 내면의 결핍, 타인과의 비교, 예측 불가한 미래, 엄마와의 애증 섞인 관계…. 20대의 저는 늘 무언가에 쫓기듯 달리고 있었지만, 정작 어디로 가야 할지는 몰랐습니다. 스스로 만든 동굴 속을 파고들어가 "세상은 원래 혼자야"라며 문을 걸어 잠그기 바빴지요.

그랬던 제게 책은 안전한 '비상구'가 되어주었습니다. 처음엔 그저 시간을 때우기 위해, 그 뒤로는 남들에게 있어 보이기 위해 책을 읽기 시작했습니다. 하지만 아무렴 어떤가요? 그 허세 덕분에 책과 점점 가까워지게 되었고, 그 시간이 모여 지금의 저를 만들었는걸요. 책 속의 문장들은 저를 다그치는 대신 "너만 힘든 게 아니야", "잠시 쉬어도 괜찮아"라며 묵묵히 어깨를 내어주었습니다. 그 위로에 기대어 저는 비로소 숨을 쉴 수 있었지요.

읽기의 세계로 당신을 초대합니다

그렇게 '살아남기' 위해 독서를 시작한 지 올해로 딱 10년 차가 되었습니다. 이제는 "제 취미는 독서입니다"를 넘어 "제 인생은 책으로 다시 지어졌습니다"라고 자신 있게 말할 수 있습니다. 책 덕분에 인스타그램에서 수만 명의 독서 친구를 만났고, 북토크에서 동경하던 작가님들을 만나는 '성덕'이 되었으며, 이렇게 제 이야기를 담은 책까지 쓰게 되었으니까요.

혹시 지금 지독한 '독서 변비'를 겪고 계신가요? 책과 친해지고 싶은데 서점에만 가면 초라해지나요? 바빠서 읽을 시간이 없다고요? 겨우 읽어도 머리에 남는 게 없어 허무하신가요? 베스트셀러라길래 샀는데 도무지 읽히지 않아 자책하고 계신가요? 걱정 마세요. 제가 그 마음 누구보다 잘 압니다. 저도 똑같은 고민을 했던 사람이니까요.

그렇다면 이 책, 정말 잘 펼치셨습니다. 저는 대단한 문학 평론가도, 엘리트 작가도 아닙니다. 하지만 '책과 담쌓고 살던 사람을 책 덕후로 만드는 일'만큼은 권위자라고 자부합니다. 초등학교 2학년생이 1학년생을 이끄는 마음으로, 제가 겪은 시행착오와 꿀팁들을 아낌없이 퍼드릴게요.

이 책은 단순히 "책 많이 읽으세요"라고 권하는 독서 장려 에세이가 아닙니다. 제가 '읽는 사람'에서 '쓰는 사람'으로 나아간 성장 보고서이자, 여러분의 평범한 일상을 단단한 콘텐츠로 가득 채워줄 실전 가이드입니다. 북플루언서로 활동하며 얻게 된 SNS 활용 꿀팁도 아낌 없이 담았습니다.

1년에 한 권도 읽지 않던 제가 어느 새 150권을 읽는 사람이 되고 이제 베스트셀러 작가를 꿈꾸게 되었듯, 이 책을 덮을 때쯤엔 여러분의 마음속에도 '나도 한번 읽어볼까?', '나도 한번 써볼까?' 하는 뜨거운 불씨가 지펴지길 바랍니다. 자, 그럼 '책 읽기가 잦아 결국 책을 쓰게 된' 저의 10년의 기록, 이제 시작해볼까요?

1장   어느 날 책이 내 인생에 들어왔다

교통사고가
가르쳐준
멈춤의 기술

"쾅! 우당탕!"

캄캄한 밤, 차가 고속도로를 가로지르며 요란하게 굴렀다. 마치 영화의 한 장면처럼 세상이 뒤집혔을 때 퍼뜩 떠오른 생각은 '아프다'가 아니라 '억울하다'였다. '고작 스물아홉인데. 인생이 이렇게 끝난다고? 나 아직 제대로 살아본 적도 없는데?' 비명도 지르지 못한 그 짧은 순간, 이런 문장이 머릿속을 스쳤다. '인생 참, 꽃 같네.'

끼이익!

차는 앞서가던 대형 트럭의 뒤꽁무니를 들이받고서야 겨우 멈춰 섰다. 팽이처럼 돌던 세상은 제자리를 찾았지만, 이내 주변이 괴괴한 적막에 휩싸였다. 운전석에서는 남자 친구가 손

등에 핏기가 사라질 정도로 핸들을 꽉 부여잡고, 고개를 숙인 채 떨고 있었다. 그는 연신 "지혜야 미안해!"라고 소리쳤다. 폐차 직전의 차에서 두 발로 걸어 나온 건 그야말로 기적이었다. 살았다는 사실에 안도감이 밀려왔지만 그것도 잠시, 곧 차가운 12월의 칼바람이 얇은 코트 사이로 파고들며 온몸이 사시나무 떨리듯 떨려오기 시작했다.

10년도 더 지난 그날의 사고는 서울 예술의전당에서 열리는 발레 공연을 보고 부산으로 돌아가던 길에 일어났다. 고작 2시간 남짓한 공연을 보기 위해 부산에서 서울까지 왕복 10시간을 꼼짝없이 도로 위에서 보내야 했던 무리한 일정이 큰 사고로 이어진 것이었다.

그때 나는 독일에서 인턴십을 마치고 갓 귀국한 상태였다. 남들이 보기엔 '해외파'라는 그럴듯한 타이틀을 달고 있었지만, 실상은 내세울 것 없는 백수였다. 그럼에도 독일까지 다녀왔는데 뭐라도 보여줘야 한다는 압박감과 허세로 가득 차서 이런 척 저런 척 하기 바빴던 시기이기도 했다.

취업도 못 하고 도망치듯 돌아와 자존감은 바닥을 치는데 자존심만 하늘을 찔렀던 나는 그 틈을 들키지 않으려 부단히 애를 썼다. 그날 내가 남자 친구를 졸라 《라 바야데르》라는 발레 공연을 보러 갔던 것도 그런 노력의 일환이었다. 사실 인생에서 본 발레 공연은 그때가 처음이자 마지막으로, 작품명도 이 글을 쓰기 위해 검색해서 겨우 알아냈을 정도다. 처음 보는 발레 공연이 그 흔한 《백조의 호수》도 아니고 《호두까기 인형》도 아닌 《라 바야데르》라니.

그만큼 발레에는 문외한이었지만 '서울 예술의전당에서 발레 공연을 관람하는 나'를 다른 이들에게 보여주고 싶은 마음이 나를 추동했다. SNS에 올릴 사진 한 장, 친구들에게 "나 주말에 서울 다녀왔어"라고 말할 수 있는 그 한마디가 필요해서, 피곤해하는 남자 친구를 억지로 끌고 왕복 10시간 운전을 감행시킨 것이다. 무리한 일정 탓에 남자 친구는 졸음운전을 피할 수 없었고, 그 사달이 나버렸다. 부정할 수 없이 그날의 사고는 내 허세가 빚어낸 참사였다.

다음 날 아침, 나는 남자 친구네 집 근처 큰 병원에 입원했다. 다행히 뼈에는 이상이 없었지만, 온몸의 근육이 비명을 질러대 꼼짝할 수 없었다. 하지만 육체의 고통보다 더 견디기 힘든 것이 있었다. 바쁘게 취업 준비를 하고, 더 성장해야 할 시기에 갑작스럽게 찾아온 '멈춤의 시간'이었다.

사고 직후 엄마에게는 소식을 알리지 않았다. 당시에는 엄마와 사이가 좋지 않았을뿐더러 하루하루 사는 게 바쁘고 지칠 엄마에게 더 이상의 걱정은 끼치고 싶지 않았다. 나중에 사고 소식을 알게 된 엄마가 병원을 찾아오겠다는 것도 극구 만류했다. 이 때문에 퇴원할 때까지 내 병실을 드나들었던 사람은 남자 친구와 간호사뿐이었다. 철저히 혼자가 된 병실의 시간은 지독하게 느리게 흘렀다. 식사 시간이 되기도 전에 복도에 진동하는 밥 냄새, 옆 침대 할머니들의 끊임없는 수다 소리, 밤 9시면 어김없이 꺼지는 병실의 불…. 그 낯선 소음과 냄새 속에 혼자 덩그러니 남겨진 기분이었다. 어제까지만 해도 서울과 부산을 오가며 바쁜 척 살았는데, 하루아침에 이게 뭐람.

'왜 하필 나야? 내가 뭘 그렇게 잘못했는데? 남들도 다 이렇게 살잖아!' 병실 천장만 바라보며 꼼짝없이 누워 있으려니 억울함이 몰려왔다. 때때로 그 억울함은 불안으로 옷을 갈아입었다. 누구는 취업도 하고, 여행을 가고, 맛집을 찾아다니며 웃고 있는데, 나만 이 좁은 병실에 갇혀 썩어가고 있다는 생각에 미칠 것만 같았다. 하루, 이틀, 일주일…. 병원에서 하릴없이 보내는 시간이 길어질수록 불안함도 커져만 갔다.

그러다 문득 '내가 왜 이렇게 불안해하고 있지?'라는 생각이 스쳤다. '대체 내가 진짜로 바라는 게 뭘까…?' 생각이 꼬리에 꼬리를 물고 이어지면서 그동안 내가 보여주고 싶었던 모습 뒤에 숨어 있던 진짜 속마음이 드러나기 시작했다. 불안과 원망, 분노 속에 꽁꽁 감추어둔 채 마주하지 않으려 했던 내 민낯은 좋아하는 일도 하고 싶은 일도 모른 채 내비게이션도 없이, 허영심이라는 연료만 가득 채우고 낭떠러지를 향해 굴러가는 폭주 기관차, 딱 그거였다.

만약 이 사고가 없었다면, 나는 어떤 삶을 살게 되었을까? 모르긴 몰라도 지금과 같지는 않았을 것이다. 아마 멈추는 법을 영영 모른 채 살았을지도 모른다. 남들에게 보여주기 위한 삶을 사느라 정작 내 속이 텅 비어가는 줄도 모르고 달리다 정말로 돌이킬 수 없는 절벽 아래로 떨어졌을지도 모른다. 그때 어렴풋이 깨달았다. 이 사고는 비극이 아니라, 인생이 나에게 준 가장 강력하고 안전한 '브레이크'일지도 모른다고. "제발 좀 멈춰! 그러다 너 진짜 큰일 나!" 영혼이 지르는 비명을 외면하고 달리던 나를, 삶이 강제로 멈춰 세운 것은 아니었을까.

혹시 이 글을 읽는 분들 중에도 숨 쉴 틈 없이 달리던 와중에 '책 속에는 무언가 답이 있을까', '책에서 위로를 얻을 수 있을까' 하고 책을 펼친 분이 있을지도 모르겠다. 과거의 나처럼 어디로 가는지도 모른 채, 그저 남들이 뛰니까 불안해서 덩달아 뛰고 있거나 아니면 예기치 못한 실패나 사고, 번아웃으로 멈춰 서 있는 분도 있을지 모른다. 남들보다 뒤처졌다는 생각에 괴로워하면서….

그렇다면 축하한다. 당신의 인생은 아직 망하지 않았으니까. 오히려, 인생을 재정비할 가장 완벽한 타이밍, '멈춤의 시간'이 선물로 주어진 것일지도 모른다. 폭주하던 기관차에서 내려 비로소 당신만의 지도를 펼쳐볼 기회가 주어졌으니, 부디 두려워 말고 그 멈춤을 받아들였으면 좋겠다. 그 시간 속에서만 들을 수 있는 내면의 소리에 귀 기울여보자. 지금 필요한 건 더 빠른 속도가 아니라, 올바른 방향을 가리키는 나침반이다. 장담하건대, 이 멈춤 끝에 이전과는 전혀 다른 방향으로, 훨씬 더 단단한 걸음으로 나아가게 될 것이다.

책여사 코멘트

너무 바쁘게 달려왔다면 잠시 일상을 뒤로하고 내면의 소리에 귀 기울이는 시간을 의도적으로 가져보는 건 어떨까.

책이라는
낯선 세계로

뛰어들다

입원 후 일상은 지루함의 연속이었다. "매일 똑같이 흘러가는 하루, 지루해 난, 하품이나 해." 오랫동안 알았던 노랫말이 이토록 뼈저리게 와닿은 적이 없었다.

병원에서의 하루는 내 의지와 상관없이 매우 이른 시간부터 시작된다. 식사 시간이 되기도 전에 온 병동은 밥과 국, 반찬 냄새로 가득 차고, 냄새 때문에 이미 식사를 마친 것 같은 가짜 배부름에 시달릴 때쯤 볼품없는 식사가 차려진다. 옆에서는 할머니들의 수다 소리가 시끄럽게 들려온다. 돌이켜보면 그때가 삭막한 병원 생활에서 가장 사람 냄새 나는 따뜻한 시간이었지만, 절체절명의 위기를 맞이한 20대 청춘에게는 이마저도 성가신 순간일 뿐이었다. 제발 조용히 좀 해달라고 소리라도 지르고 싶었지만, 사람들과 한마디도 섞고 싶지 않아 창밖만 하염없이 바라봤다. 온종일 텔레비전 소리가 BGM처럼 깔렸고, 밤 9시면 어김없이 모든 불이 꺼졌다. 대관절 9시에 잠자는 사람이 어디에 있다고! 그렇지, 나 빼고 다 잔다. 할머니들의 골골송을 그때는 얼마나 싫어했던가. 강제된 규칙과 박탈된 자유 속에서 똑같은 하루가 숨 막히게 반복되었다.

엄마의 표현대로라면, 나는 걸음마를 떼자마자 빨빨거리고 돌아다니길 좋아하는 아이였다. 이제 막 아장아장 걷기 시작했을 당시, 푹 빠져 있던 반지 모양 사탕을 얻기 위해 기저귀 찬 엉덩이를 통통거리며 온 가족 몰래 탈주를 감행하기까지 했으니 말 다 했다. 그렇게 타고난 역마살과 자유로운 영혼을 가진 내가, 사지 멀쩡한 상태로(물론 교통사고 환자였지만) 병원에 갇힌 신세가 되니 견디기 힘들었던 것도 당연하다. 병원에서 할 만한 취미라도 좀 있었으면 좋았으련만, 불행히도 당시 내게는 취미라고 부를 만한 것이 하나도 없었다. 남는 게 시간인데, 이렇게나 할 게 없다니. '나 그동안 뭐 하고 살았지?'

어느 날 오후, 평소처럼 맛없는 점심을 꾸역꾸역 삼키고 당시 유일한 낙이었던 산책을 나섰다. 병원 복도를 걷는 것만으로는 답답함을 해소할 수 없어서 외출 허락을 받지 않아도 되는 심리적·물리적 마지노선을 넘나들며, 환자복 위에 카디건 하나를 걸친 채 탈주인 듯 탈주 아닌 탈주 같은 걸음으로 병원

근처를 맴돌았다. 꺼지지 않는 땅을 꺼뜨리고야 말겠다는 기세로 한숨을 푹푹 쉬며 걷던 중, 오르막길의 끝자락 막다른 골목 어귀에 있던 낡고 오래된 동네 책방 하나가 눈에 들어왔다. 평소 같으면 거들떠보지도 않았겠지만, 그날은 병원 냄새가 안 나는 곳이라면 어디라도 상관없다는 생각뿐이었다. 그렇게 학창 시절 이후 처음 제 발로 서점을 찾았다.

　딸랑. 맑은 종소리와 함께 문을 열자마자, 한 사람이 시선을 사로잡았다. '깜짝이야.' 아무렇게나 쌓인 책 기둥 사이로 사장님이 구석에 콕 박혀 책을 읽고 있었다. 그는 환자복을 입고 산발을 한 수상한 행색의 나를 무심한 눈길로 쓱 훑더니, 아무 일 없다는 듯 다시 책으로 시선을 돌렸다. 그런데 그 무심함이 오히려 반갑게 느껴졌다. 병원에서의 원하지 않던 관심과 친절에 진절머리를 느끼고 있었기 때문이다.

　천천히 책장 사이를 걸어보았다. 병원을 가득 채우던 싸한 소독약 냄새 대신, 묵직하고 편안한 종이 냄새가 온몸을 감쌌다. 처음으로 '종이 냄새란 이런 거구나'라는 것을 실감했다. 고통에 신음하는 소리 대신, 책장을 넘기는 사각 사각 소리만이 공간을 가득 채웠다. 왜인지 모르게 자꾸 사장님에게 눈길이 갔다. 번듯한 외향은 아니었지만, 책을 향하는 그의 눈빛에서 무언가 범접할 수 없는 고매한 '덕후'의 아우라가 느껴졌다. 책에 푹 빠져 있는 그를 훔쳐보며 생각했다. '저 사람, 지금 여

　　　　　　　　　　　　　　　　　　　　

기가 아니라 다른 세상에 가 있구나.' 그런 그가 어쩐지 부럽게 느껴졌다.

그날 충동적으로 책 세 권을 품에 안고 병원으로 돌아왔다. 어른이 되고 처음 내 돈으로 산 책들이었다. 다른 두 권은 어떤 책이었는지 기억나지 않지만, 한 권만은 또렷하게 기억난다. 곽정은 작가의 『혼자의 발견』이었다. 왜 하필 그 책을 골랐을까? 어쩌면 나는 지루한 시간을 견디는 것보다 '혼자'를 견디는 게 더 힘들었던 것 같다. 20대의 나는 늘 누군가와 함께여야 안심이 되는 사람이었다. "지금 어디야? 당장 만나!"라며 끊임없이 약속을 잡고, 혼자인 시간이 생기면 불안해서 견디지 못했다. 그러다 갑자기 병원에 갇혀 철저히 혼자가 되니, 그 고요가 공포로 다가왔던 것이다. 병실로 돌아와 침대 커튼을 치고 책을 펼쳤다. 여전히 옆에서는 할머니들의 수다가 지칠 줄 모르고 계속되었고, 복도에서는 카트 끄는 소리가 들려왔다. 서점에서 사 온 책을 펼쳐 한 글자 한 글자 읽어가는데, 신기하게도 소음이 조금씩 멀어져가는 듯한 기분이 들었다. 병원에 입원한 후 처음으로 느껴보는 고요였다. 그렇게 시끄럽던 세상이 멀어져가는 기분이라니.

그날 이후로 병원의 소음이 성가시게 느껴질 때나 지루할 때, 머릿속 소음이 나를 아프게 찌를 때, 의식적으로 책을 폈다. 다 이해는 못 해도 책 속 문장을 따라가다 보면 바깥세상의 일도, 나의 못남도 조금은 잊을 수 있었다. 그 시기에 어렴풋이 느꼈던 것 같다. 책이라는 녀석과 오래 함께하게 될 것 같은 예감을.

　흔히 현실 도피는 나쁘다고 말한다. 문제를 해결하지 않고 피하는 건 비겁하다고. 하지만 나는 감히 권하고 싶다. 삶이 우리를 옥죄어올 때, 도저히 답이 보이지 않아 숨이 막힐 때, 적극적으로 도망치라고. 마음이 너무 소란스러워 나조차 나를 감당하기 힘들 때, 익숙지 않고 낯설더라도 속는 셈 치고 서점이나 도서관으로 향해보라고. 그곳에 우리를 판단하지 않고 묵묵히 기다려주는 수만 개의 세계가 있다. 혹시 오늘 하루가 너무 버거웠다면, 책이 주는 고요함 속으로 잠시 몸을 숨겨보는 건 어떨까.

잠깐 짬을 내어 서점에 들러보자. 꼭 책을 사지 않아도 좋다. 책 냄새를 맡아보고 어떤 사람들이 모여 있는지 그 분위기를 느껴보는 것만으로도 훌륭한 동기부여가 된다.

가면 쓴
'착한 아이'가
책을 만났을 때

"인상이 참 좋으세요~!"
"밝은 웃음 덕분에 힘이 납니다!"
"어쩜 그렇게 맑게 웃으세요?"

책여사 계정을 찾아주시는 분들이 가장 많이 하시는 말씀이다. 웃는 얼굴에 침 못 뱉는다는 속담이 정말 맞는지, 늘 웃는 얼굴로 카메라 앞에 서다 보니 악플은 거의 달리지 않는다. 그런데 지금의 이 웃는 얼굴이 있기까지 꽤 오랜 아픔의 시간, 단련의 시간이 있었다는 사실을 아는 사람은 아마 없을 것이다.

나는 어린 시절에도 잘 웃는 아이였다. 집에서는 사랑받는 맏딸이었고, 학교에서는 선생님들의 신임을 얻었다. 유쾌한 성격 덕분에 또래에게도 인기가 많았다. 대단한 부잣집은 아니었으나 큰 결핍 없이 평범하고 따뜻한 환경이었다.

친구들과 수다를 떨며 집으로 돌아오던 어느 평범한 오후 하굣길, 가방 속 가장 작은 주머니에서 열쇠를 꺼내 손가락으로 빙빙 돌리며 집 앞 오르막길을 올랐다. '어…? 아빠 차다.' 현관문을 열자 낯선 풍경이 보였다. 평소라면 일터에 계셨을 시간에 아빠가 설거지를 하고 있었다. 의아함과 반가움이 섞인 눈으로 그 뒷모습을 바라보는데, 인기척을 느낀 아빠가 환하게 웃으며 뒤돌아보셨다. "우리 딸 왔네." 가방을 내려놓고 학원 갈 준비를 하는 내게 아빠가 불쑥 말을 건넸다. "지혜야, 오늘은 학원 가지 말고 아빠랑 놀자." 평소에도 다정한 사람이긴 했지만, 아빠답지는 않은 제안이었다. 나는 의아했지만 대수롭지 않게 넘기며 말했다. "에이, 그래도 학생이 학원은 가야죠. 갔다 와서 놀아드릴게요!"

그것이 아빠와의 마지막 대화가 될 줄은, 그 해맑은 거절이 평생의 부채감이 될 줄은 꿈에도 상상하지 못했다. 학원을 마치고 돌아왔을 때 아빠는 사라지고 없었다. 엄마가 차려준 저녁을 동생과 함께 먹고, 숙제를 마치고, 잠자리에 들 때까지도 아빠는 돌아오지 않았다. 엄마는 나와 동생을 침대에 누이고 불을 꺼주신 뒤 거실로 나가셨다. 그런데 웬일인지 거실 불빛은 밤새도록 꺼지지 않았다. 이곳저곳에 전화를 돌리는 엄마의 떨리는 목소리와 점점 분주해지는 그림자를 지켜보느라, 나도 아침이 밝아오도록 잠들 수 없었다.

갑작스러운 아버지의 죽음은 열다섯 살 중학생이 받아들이기에 너무나 큰 사건이었다. 당시 아버지는 IMF의 충격을 온몸으로 맞았고, 무너진 사업 앞에서 더 이상 희망을 찾지 못한 채 스스로 생을 놓으셨다. 어떤 죽음도 반가울 수 없겠지만, 아버지의 죽음을 쉬쉬하는 어른들을 보며 어린 나는 직감했다. 결코 떳떳하게 말할 수 없는 죽음이구나. 어쩌면 평생 비밀로 품고 살아야 할지도 모른다는 예감이 나를 무겁게 짓눌렀다.

하지만 이 큰일을 실감도 하기 전에 더 감당하기 힘든 상황이 들이닥쳤다. 장례식이 열렸고, 검은 옷을 입은 사람들이 바쁘게 오갔다. 엄마는 울다 지쳐 있었고, 할머니는 끊임없이 곡소리를 했다. 나는 멍하니 그 사람들을 바라보며, 작은 아빠를 따라 기계적인 인사를 반복했다.

그때, 익숙한 얼굴들이 장례식장을 찾아왔다. 담임 선생님과 반 친구들, 학원 친구들이었다. 생각지 못한 만남이었다. 고마움보다 당혹스러움과 공포가 먼저 찾아왔다. '이렇게 많은 친구들이 내가 아빠 없는 아이라는 걸 알게 되었구나.' '이미 그 이유도 알고 있으려나' 하는 두려움은 덤이었다. 어떻게 인사를 나누고 대화를 했는지도 잘 기억이 나지 않을 정도로 나는 큰 충격에 휩싸였다.

슬픔이나 두려움이 너무 크면 오히려 감정에 정직하게 반응하지 못할 때가 있다. 내가 그랬다. 장례를 마치고 학교에 돌아갔을 때, 아무도 내 변화를 눈치채지 못하게 하고 싶었다. 그래서 예전보다 더 밝게, 예전보다 더 바르게 행동하며 아버지 없는 아이의 그늘이 느껴지지 않도록 필사적으로 애썼다. 선생님이나 친구들이 나를 불쌍히 여기거나 동정하는 것이 죽기보다 싫었다. 아픔을 받아들이고 가족과 함께 충분히 슬퍼해야 했을 시간이었지만, 나는 그렇게 하지 못했다.

이후 성장 과정에서도 비슷한 선택을 반복했다. 어려움을 마주하기보다는 회피해버리는 것이 습관이 되었다. 채워지지 않는 아버지의 빈자리를 다른 사람들의 애정으로 메우려 했고, 어린 동생과 홀로 남겨진 엄마의 슬픔을 견디기가 싫어 부산에서 서울로, 서울에서 다시 독일로 훌쩍 떠났다.

몇 년 후, 한국에 돌아왔을 때 내게 남은 것은 아무것도 없었다. 친구들이 취업을 하고 경력을 쌓으며 앞서 나가는 동안 나만 제자리걸음이라는 열등감에 사로잡혀 "요즘 뭐해?", "잘 지내?"라는 평범한 안부도 듣기 싫었다. "아, 그냥 좀 쉬고 있어. 준비하는 게 있어서." 아무것도 준비하지 않으면서, 기죽기 싫어 괜찮은 척 꾸며대기도 했다.

매번 카페에 가자니 돈도 없고, 뭐라도 하는 시늉을 보여야 했던 그때 자연스럽게 찾게된 곳이 도서관이었다. 도서관은 돈이 들지도 않았고, 무엇보다 귀찮게 말을 걸어오는 사람들이 없었다. 학창 시절에는 가라고 등을 떠밀어도 가기 싫었던 이곳이 이렇게 반갑게 느껴질 줄은 몰랐다.

그곳에서 운명처럼 소설가 김연수의 산문집 『지지 않는다는 말』을 만났다. 공부가 하기 싫어 괜히 어슬렁거리다가 분홍색 책등에 적힌 제목을 보고 나도 모르게 집어든 책이었다. 이미 인생에 KO패 당해 링 바닥에 널브러진 기분이었지만, 그래서 더 그 제목이 내 상황과 어딘가 맞닿아 있다는 느낌이 들었다. 큰 기대 없이 집어든 책이었지만, 지금 이 순간을 이 순간에 경험하라는 작가의 한마디는 그때부터 지금까지 인생에서 큰 지침이 되어주었다.

지나간 슬픔이나 오지 않은 미래 때문에 지금을 망치지 말고, 온전히 지금을 살라는 뜻이었을 테다. 과거의 아픔과 미래의 불안에 늘 쫓기던 나는 머리를 한 대 얻어맞은 듯했다. 어느새 볼 위로 뜨거운 것이 툭 하고 떨어지는 게 느껴졌다. 오래전 아빠의 장례식에서도 흐르지 않았던 눈물이었다. 화들짝 놀라 주위를 두리번거리며 황급히 눈물을 훔쳤지만, 다행히 나를 보는 사람은 아무도 없었다.

이후로도 아버지의 부재를 받아들이기까지, 내 안의 어린아이를 마주하기까지 참 오랜 시간이 걸렸다. 마흔이 넘은 이제는 지금 이 순간을 경험하는 일을 배워야만 한다는 것을 알지만, 이 말을 체화하기까지는 지난한 노력이 있었다. 그때마다 이 책을 기억하며 힘을 얻었고, 이 책은 지금도 내 인생 책 중 하나가 되었다.

내가 운영하는 책여사 계정은 울고 웃는 영상으로 넘쳐난다. 하지만 옛날과 다른 것이 있다. 요즘의 내 웃음은 진짜 웃음이다. 가면 뒤에 숨죽여 울던 아이는 이제 책 속에서 마음껏 울고, 다시 웃으며 세상 밖으로 나온다. 스스로 울 줄 모르던 내가 책 속에서 많은 이야기를 만나 울고 웃으며 진짜 내 감정을 들여다볼 수 있게 되었다. 책이 아니었다면, 결코 마주하지 못했을 나의 진짜 모습을.

책을 읽으며 울거나 위로를 받은 적이 없다고 해도 걱정하지 말라. 사람마다 감정의 온도차가 있으니까 계속 읽다 보면 반드시 자신만의 인생 책을 만나게 될 것이라고 장담한다.

불안한 마음을 붙잡아준 고전의 문장

스무 살 이후에는 집다운 집에 살아보지 못했다. 대학 때문에 상경했을 때도 내가 얻을 수 있는 공간은 한 평 남짓한 고시원이 전부였다. 얇은 합판을 사이에 두고 타인의 숨소리와 뒤척임까지 공유해야 했던 밤이면, '나는 왜 이렇게 가난할까?', '아빠는 왜 우리를 두고 떠났을까?', '내 미래도 이 방처럼 캄캄할까?' 꼬리에 꼬리를 무는 질문들이 머릿속을 떠다녔다.

　서울 생활은 생각처럼 만족스럽지 않았다. 그러던 중 우연히 해외 인턴십 프로그램의 기회가 생겨 독일로 떠나게 되었다. 하지만 공항에 도착하자마자 깨달았다. 서울에서의 불안은 여권도 없이 내 캐리어 속에 숨어 따라왔다는 것을. 낯선 땅, 서툰 언어, 그리고 여전히 불투명한 미래…. 독일에서 나는 한국에서보다 더 외롭고 위태로운 이방인이었다.

그래도 독일까지 왔는데, 마냥 집에서 웅크리고만 있을 수는 없어서 친구나 사귀어볼까 하는 마음으로 한인 교회를 찾았다. 나는 평생토록 종교를 가져본 적이 없었고, 지금도 그렇다. 태어나면서부터 늘 함께 계시던 할머니 방에서는 언제나 향 냄새가 나고 불경이 울려 퍼졌지만, 그것도 할머니의 종교일 뿐이었다. 나는 어릴 적부터 보이지 않는 신보다 어린 시절 아빠와 함께 보았던 드넓은 밤하늘과 무한한 내 미래에 대한 가능성에 더 마음을 빼앗겼다. 신의 존재를 믿지 않았고, 만에 하나라도 신이 있다면 내가 믿지 않는다고 해서 지옥에 보내는 옹졸한 신은 아닐 거라 생각했다. 더 나아가 종교란 약한 마음이 만들어낸 허상이라 여겼다.

그랬기에 갑자기 교회에 나간다고 신앙심이 생기지는 않았다. 하지만 그곳에서 생애 처음으로 간절히 믿어보고 싶은 것을 만났다. 내 마음이 약해져 있었던 탓일까, 아빠에 대한 그리움이 너무 컸던 걸까. 설교 중에 "천국에서는 헤어진 가족을 다시 만날 수 있다"라는 말이 귀에 박혔다. 만약 그 말이 진짜라면, 죽음이 끝이 아니라면…. 스스로 생을 등진 아빠는 볼 수 없을지 모르겠지만, 엄마나 동생은 죽음 이후에도 다시 볼 수 있지 않을까.

그렇게 마음을 조금 열게 되자 '성경'이라는 책이 궁금해졌다. 일주일에 한 번씩 목사님과 마주 앉아 한-독 성경을 읽었다. 마침 독일어 공부도 되니 일석이조라고 생각했다. 목사님은 내게 믿음을 심어주려 애쓰셨지만, 나는 따분한 기독교 교리보다는 성경 속 문장에 더 매료되었다. 내 마음을 가장 먼저 두드린 건 마태복음의 한 구절이었다. "수고하고 무거운 짐 진 자들아 다 내게로 오라 내가 너희를 쉬게 하리라."(마태복음 11장 28절)

딱딱하게만 생각했던 2천 년 전의 텍스트 안에 이런 따뜻한 문장이 있다니…. 2천 년이라는 시간의 간극이 무색하게 느껴졌다. 그때와 지금은 시대 상황부터 기술, 환경까지 모든 것이 다르지만, 살아 숨 쉬는 사람들이 가진 정서만큼은 크게 변하지 않았다. 그때도 나처럼 수고하고 무거운 짐 진 자들이 있었고, 간절히 위로를 구하는 자가 있었던 것이다. 이때 처음으로 고전의 힘을 느꼈다. 그때부터 나는 성경을 종교 서적이 아니라, 내 마음을 달래기 위한 처방전처럼 읽기 시작했다. 불안이 파도처럼 밀려올 때는 시편을 펼쳤고, 두려움이 엄습할 때는 이사야서를 읽었다. 문장을 주문처럼 중얼거리고 나면, 떨리던 손끝이 거짓말처럼 잠잠해지곤 했다. 그렇게 외롭고 불안한 타지 생활을 몇몇 문장을 외며 버틸 수 있었다.

고전뿐만이 아니었다. 그 이후로도 10년이라는 짧지 않은 시간 동안 수많은 책을 읽으며 만난 좋은 문장들이 내 마음의 무게중심을 잡아주었다. 곳간에서 인심 난다고 하지 않았던가. 책을 읽으며 내 마음 곳간은 더욱 풍성해졌다.

나와 비슷한 상처를 안고도 씩씩하게 걸어가는 에세이 속 작가들, 큰 결정 앞에서 담대하게 옳은 일을 선택하고, 아무리 큰 역경이 와도 함께 고난을 헤쳐 가는 이야기 속 인물들의 연대가 흔들리던 나를 꽉 붙잡아주었다. 정여울 작가는 책『데미안 프로젝트』에서 이렇게 말했다.

저는 저에게 부족한 모든 것을 '책'을 통해 얻었습니다. 저에게 부족한 감수성의 토양 모두를 온갖 책들에서 매일매일 얻고 있으니, 더 이상 환경을 탓할 필요가 없지요.

이 문장을 읽는데 고개가 절로 끄덕여졌다. 앞으로도 인생은 늘 예상하지 못한 방향으로 나를 데리고 가겠지만 그때에도 내가 펼칠 책 속 문장과 이야기가 삶을 위한 양분이 되어줄 것이라고 믿기 때문이다.

무신론자인 나에게 신神이 있다면, 그것은 다름 아닌 '책'일지도 모른다. 성경 속의 '하나님'이라는 단어를 '책'으로 바꿔 읽어도 그 문장들은 내게 여전히 유효하다. 책은 나의 목자시니 내게 부족함이 없으리로다. 책이 나를 푸른 풀밭(지혜)으로 인도하시고, 쉴 만한 물가(위로)로 이끄시는도다.

지금도 나는 삶이 막막할 때마다, 가장 안전한 성전聖殿인 서재로 들어간다. 그리고 나만의 신에게 기도를 올리듯 책을 편친다. 불안을 이기는 힘은 멀리 있지 않다. 어쩌면 바로 당신의 책장 속에, 그 오래된 문장들 속에 숨 쉬고 있을지도 모른다. 마지막으로 독일에 살던 시절 무신론자인 내게도 위로가 되었던 몇 가지 성경 속 문장들을 소개한다. 내가 그랬듯이 신이 나오는 부분을 책으로 바꿔서 읽어봐도 괜찮겠다.

1. 두려움이 앞을 가릴 때

두려워하지 말라 내가 너와 함께 함이라 놀라지 말라 나는 네 하나님이 됨이라 내가 너를 굳세게 하리라(이사야 41:10).

2. 마음이 텅 빈 것처럼 공허할 때

여호와는 나의 목자시니 내게 부족함이 없으리로다 그가 나를 푸른 풀밭에 누이시며 쉴 만한 물가로 인도하시는도다(시편 23:1-2).

3. 답이 보이지 않아 답답할 때

구하라 그리하면 너희에게 주실 것이요 찾으라 그리하면 찾아낼 것이요 문을 두드리라 그리하면 너희에게 열릴 것이니(마태복음 7:7).

4. 삶의 무게가 버거울 때

수고하고 무거운 짐 진 자들아 다 내게로 오라 내가 너희를 쉬게 하리라(마태복음 11:28).

5. 내 능력이 초라해 보일 때

내게 능력 주시는 자 안에서 내가 모든 것을 할 수 있느니라 (빌립보서 4:13).

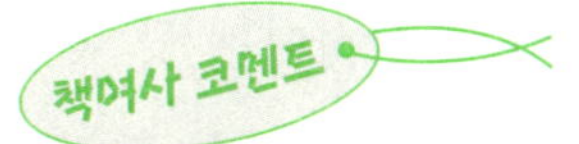

나만의 문장 처방전을 만들어보자. 내 마음을 달래준 문장을 휴대폰이나 수첩에 기록해두면, 불안이나 두려움이 몰려올 때 바로바로 꺼내 볼 수 있다.

최악의
모습까지
사랑할 수 있을까

"지혜, 너는 네 단점이 뭐라고 생각해?"

독일에서 만난 포르투갈 친구가 맥주를 마시다 뜬금없이 물었다. 나는 잠시 고민하다가 짐짓 심각한 표정으로 대답했다. "음… 나는 감정 기복이 심해. 쉽게 슬프고 우울해져서 가까운 사람들을 힘들게 하는 것 같아." 사실 이 말은 학창 시절 첫사랑에게 들었던 것이다. 그때 이후로 이 말이 마음에 가시처럼 박혀, 내 단점이라고 하면 가장 먼저 떠올랐다.

그런데 친구는 내 말을 듣고 황당하다는 듯 웃음을 터뜨렸다. "야, 감정 기복 심한 게 네 단점이라면, 포르투갈 인구의 98%는 다 너랑 똑같은 단점을 가지고 있을걸? 그런데 그걸 단점이라고 할 수 있을까?" 출처를 알 수 없는 '98%'라는 숫자에

헛웃음이 터졌지만, 그 근거 없는 숫자에 묘하게 마음이 편해지기도 했다.

누구에게나 최악의 시절이 있다. 나도 마찬가지다. 한때 나는 내가 생각해도 정말 '최악의 인간'이었다. 학창 시절에는 가난과 아버지의 부재라는 열등감으로 똘똘 뭉쳐 엄마에게 비수를 꽂았다. 헌신적이었던 남자 친구에게는 미래가 보이지 않는다는 이유로 헤어짐을 고했고, 더 불투명한 내 미래를 원망했다. 그들에게 꽂은 비수는 사실 나 자신을 향한 공격이기도 했다. 내 불안을 감추기 위해 타인을 깎아내리는 것이 내가 자주 쓰던 방법이었다. 그런 내가 나도 싫었지만, 주변 환경을 탓하며 스스로를 점점 더 그런 인간으로 몰아갔다.

그런데 그런 나를 스스로 새롭게 바라보게 된 계기가 있었다. 취업 준비에 한창이던 시기, 동네 시장 안에 있는 회 센터에서 아르바이트를 하며 생계를 이어 갔다. 하루 7시간을 꼬박 서서 접시를 날라야 했지만 스펙에는 전혀 도움 되지 않는 최저 시급 아르바이트였다. 세상의 소음과 마음을 어지럽히는 불안을 차단하고자 음량을 최대치로 높인 이어폰을 낀 채 45분을 꼬박 걸어서 출근하곤 했다. 손님들의 고성방가와 무례한 언사, 비릿한 생선 냄새까지 무엇 하나 마음에 드는 게 없었다. '내 인생이 고작 이것밖에 안 되는 걸까. 평생 이 비린내를 못 벗어나는 건 아닐까' 하는 불안이 늘 나를 따라 다녔다.

그러던 어느 늦은 밤, 마감 시간이 다가올 무렵이었다. 한 테이블에 소박해 보이는 노부부가 매운탕에 소주를 마시고 계셨다. '제발 빨리 좀 가라.' 속으로 주문을 외우며 바닥을 쓸고 있는데, 할아버지가 지나가던 나를 불러 세웠다. "학생, 잠깐 이리 와봐." 또 술주정인가 싶어 경계심을 품고 다가갔다. 그런데 할아버지는 탁한 눈으로 나를 가만히 올려다보더니, 밑도 끝도 없이 이런 말을 던졌다. "이곳에 오래 있을 사람 같지는 않네."

할아버지는 멍해진 내 손에 "알바 끝나고 맛있는 거 사 먹어"라며, 꼬깃꼬깃한 만 원짜리 한 장을 쥐어주고는 사라지셨다. 집으로 돌아오는 길에 그 말이 자꾸만 귓가에 맴돌았다. 회접시를 나르는 내 모습에서 무엇을 봤길래 그런 말을 한 걸까. 이해도 할 수 없고 크게 의미가 있는 말도 아니었지만, 이상하게 그 말이 마음에 깊이 새겨졌다. 어쩌면 나조차 싫어했던 나의 초라한 모습을 밉지 않게 바라봐주는 사람이 있다는 사실이 좋았던 것일지도 모르겠다.

시간이 조금 흐른 뒤 어느 쉬는 날에 특별히 찾는 책 없이 습관처럼 도서관을 어슬렁거리다 박웅현의 『여덟 단어』라는 책을 집어 들었다. '인생을 대하는 우리의 자세'라는 부제가 눈에 띄었다. 널찍한 여백이 여유롭게 느껴졌고, 사진도 많아 빨리 읽을 수 있겠다는 얄팍한 기대 하나로 책을 빌려 집으로 돌아왔다. 침대에 벌러덩 누워 삐딱한 자세로 책을 넘기기 시작했는데, 한 문장 한 문장 읽어갈수록, 나도 모르게 자세를 고쳐 앉게 되었다. 그리고 어느 문장 앞에서 숨을 멈췄다.

열심히 살다 보면 인생에 어떤 점들이 뿌려질 것이고, 의미 없어 보이던 그 점들이 어느 순간 연결돼서 별이 되는 거예요. 정해진 빛을 따르려 하지 마세요. 우리에겐 오직 각자의 점과 각자의 별이 있을 뿐입니다.

그 순간 쌩뚱맞게도 그 할아버지가 떠올랐다. 그분이 보고 있었던 것은 회 센터에서 접시를 나르던 나였지만, 그게 전부는 아니었을지도 모른다. 그분도 내게서 별의 가능성을 보신 걸까. 그때의 내가 찍고 있는 초라한 점들, 엄마를 울리고 사랑을 놓치고 회 센터에서 흘린 땀방울 같은 점들이 실패가 아니라 '별이 되는 과정'임을 아셨던 걸까.

그때 이후로 나의 초라한 모습, 최악의 모습, 내 단점을 마주할 때도 그것들을 내 인생에서 빼놓을 수 없는 '점'이자 별이 되기 위한 과정으로 바라보려 애썼다. 그러자 신기하게도 그 단점들이 마냥 밉게만 보이지는 않았다. 만약 그 삐뚤빼뚤한 점들이 없었다면, 지금의 나라는 별자리도 그려지지 않았을 것이다. 가끔 내가 너무 못나 보이고 최악으로 여겨질 때도 이 문장이 여전히 말해준다. "괜찮아. 지금 찍는 그 점도 나중에는 별처럼 빛날 거야."

지금 우리의 모습이 최악인 것만 같고, 지난날의 실수와 부끄러움 때문에 밤잠을 설치고 있다 해도 감히 말하건대, 그런 시절 없이는 빛나는 시기도 없다. 우리가 매일 찍는 점 하나하나는 분명한 의미를 품고 있다. 어떤 날은 너무 작고 흔들려서 잘 보이지 않지만, 그 점들이 이어져 결국 당신만의 별자리를 완성해갈 것이다. 그러니, 책을 펼쳐 들고 한 걸음 뒤에서 오늘의 당신을 바라보자. 불완전하고 서툴러 보이더라도, 최악이라 여긴 그 순간까지도, 우리는 이미 빛나는 존재다.

불완전하고 서투른 내 모습까지도 나를 이루는 한 점이라는 사실을 잊지 말자.

책을 읽으면서

쌓이는

나만의 자신감

또 실패다. 150cm 초반의 아담한 키, 한 끼만 잘 먹어도 60kg을 가뿐히 넘기는 둥글고 묵직한 몸. 오롯이 지방으로만 채워진 정직한 무게감. 무릎이 시큰거리지 않았다면 다이어트 따위는 시도조차 하지 않았을 테지만, 관절이 혈기 왕성한 식욕을 감당하지 못하고 파업을 선언하는 바람에 다이어트를 시작했다. 하지만 그것도 잠시….

'내가 뭐 그렇지.' 속으로 쓴웃음을 지으며 빵집 문을 열면 고소한 버터 냄새가 나를 반긴다. 빵 봉투를 양손 가득 들고 돌아와 왼손엔 빵, 오른손엔 리모컨을 쥐고 TV 앞에 앉는다. 시큰거리는 무릎 따위는 잊고 빵과 TV가 만들어주는 천국을 만끽하기 위해서다. 그렇게 두세 시간이 훌쩍 지나면, 텅 빈 빵 봉투만큼이나 텅 빈 마음속에서 메아리가 울린다. '야, 너 백수 잖아. 언제까지 이러고 살래? 에잇, 빵 맛 떨어져….'

구체적인 노력 없는 걱정은 현실에 대한 불만과 미래에 대한 불안으로 자라났다. 이 무렵 내가 느낀 가장 큰 공포는 '내 인생인데 내 마음대로 되는 게 하나도 없다'라는 무력감이었다. 먹는 것 하나 참지 못하는 의지박약, 서류 전형에서 족족 떨어지는 무능력…. 자존감이 바닥을 치다 못해 땅을 파고 들어갈 기세였다.

그 숨 막히는 자기혐오 속에서, 유일하게 내 마음대로 할 수 있는 것이 독서였다. 도서관에 가면 읽고 싶은 책을 마음껏 고를 수 있었고, 읽고 싶은 시간도 내 마음대로 고를 수 있었다. 심지어 별다른 노력도 필요하지 않았다. 운동장을 뛰는 건 숨이 찼고, 자격증 공부는 머리가 아팠지만, 책을 읽는 건 가만히 앉아서 눈동자만 굴리면 되는 일이었다. "그래, 이거라도 해보자. 이 얇은 책 한 권도 끝까지 못 읽으면 난 진짜 아무것도 아닌 인간이다." 그건 희망이라기보다, 나를 포기하지 않으려는 마지막 오기였다.

그 시절 읽은 책들에서 눈이 번쩍 뜨이는 새로운 지식이나 큰 깨달음을 얻지는 못했다. 솔직히 고백하자면, 그때 읽었던 수많은 책의 내용은 시간이 지나며 대부분 휘발되었다. 어떤 책은 제목조차 가물가물하다. 하지만 책의 마지막 장을 덮는 순간 느꼈던 그 짜릿한 '감각'만큼은 지금도 몸이 기억한다. 아주 느린 속도였지만, 한 권의 책을 끝까지 읽어냈을 때 내 안에서 작은 목소리가 들려왔다. "어? 나 꽤 끈기 있는 사람이네? 시작한 걸 끝냈잖아."

아무것도 해낸 게 없다고 믿었던 내게 '완독'이라는 작은 성취는 마법 같은 위로였다. 그 묘한 해방감에 중독되어 나는 다음 책, 또 다음 책을 집어 들었다. 내가 '선택'한 책을 끝까지 '완독'한다는 것. 그것은 인생에서 내가 통제할 수 있는 유일한 성공이었다.

자신감이 붙자 욕심이 생겼다. '셀프 챌린지: 일주일에 책 한 권 읽기'. 탁상 달력에 형광펜으로 일주일을 가로지르는 긴 네모를 그리고, 1권, 2권, 3권… 목표 숫자를 적어 넣었다. 완독하면 동그라미를 치고 책 제목을 적어 넣는 상상만으로도 가슴이 벅찼다.

하지만 챌린지 첫 주부터 위기가 찾아왔다. 화요일엔 친구와의 약속, 목요일엔 컨디션 난조, 주말엔 남자 친구와의 다툼…. 핑계는 차고 넘쳤다. 그때마다 내 안의 악마가 속삭였다. '야, 뭘 그렇게 애쓰냐? 어차피 너 또 포기할 거잖아. 다이어트처럼.' 그 소리가 들릴 때마다 어금니를 앙다물었다. '맞아, 지금까지는 그랬어. 인정! 하지만 이제부터는 달라질 거야. 포기? 그건 배추 셀 때나 쓰는 말이라고 누가 그러더라. 근데 난

김장도 안 해! 그러니까 내 인생에 포기는 없다!'

그렇게 악착같이 읽어가다 보니 한 달에 네 권 정도 읽기가 가능해졌다. 그때부터 독후감 쓰기에 도전했고, 쓰기가 익숙해진 후에는 독서 모임에 나가기 시작했다. 꾸준히 읽고 기록하고 나누는 것을 반복하다 보니 어느새 1년에 150권가량의 책을 읽게 되었고, 인스타그램에서 15만 명의 책 친구들과 소통하는 사람이 되었다. 물론 지금도 나보다 글을 잘 쓰고, 사진도 멋지게 찍고, 영상까지 완벽하게 만드는 '능력자'들을 볼 때면 내 성취가 한없이 초라해 보이기도 한다. 하지만 그럴 때마다 나는 "마라톤에서 이겨야 할 상대는 다른 누군가가 아니라 과거의 나다"라는 문장을 떠올린다.

마라톤 선수는 아니지만, 인생이라는 장거리 경주에서만큼은 이 말이 유효하다고 믿는다. 어제의 나보다 0.1cm라도 성장했다면, 그걸로 충분하다고 여기기 때문이다.

문득 중세 시대 기사의 갑옷을 떠올려본다. 번쩍이는 판금 갑옷 안에는 수천 개의 작은 철사 고리를 엮어 만든 '사슬 갑옷'이 있다. 화려하지는 않지만, 칼날로부터 기사의 목숨을 지켜주는 진짜 보호구다. 나는 지금 내 인생이라는 전투에서 나를 지켜줄 사슬 갑옷을 짜고 있다. 매일 책을 읽는 시간, 10분, 30분, 1시간···. 이 시간이 바로 철사 고리 하나를 구부리는 과정이다. 이 작업은 지루하고 고단하다. 당장 눈에 띄는 성과가 없을 수도 있다. 하지만 이 작은 고리 하나가 없으면 갑옷은 완성되지 않는다. 내가 매일 촘촘하게 엮은 이 독서의 사슬들이 언젠가 닥쳐올 시련으로부터 나를 지켜줄 것이다.

꽤많은 책을 읽은 이제는 조금 알 것 같다. 오늘 책을 읽은 나는, 어제의 나보다 분명 더 단단해졌다고. 그리고 내일의 나는 오늘보다 더 멋진 모습으로 나를 기다리고 있을 것이라고.

나만의 독서 목표를 세워보자. 아주 작은 것이라도 괜찮다. 작은 성공 경험이 모여 일상을 지탱하는 튼튼한 근육이 되어 줄 것이다.

내 마음을 읽어주는 책 처방전

자존감이 떨어지거나 마음이 흔들릴 때, 억지로 "힘내"라고 말하는 대신 이 책들 속 문장을 음미해보는 건 어떨까요? 상황별로 골라 읽는 10가지 책 처방을 소개합니다.

남들과 비교되어 내가 초라해 보일 때

『모순』(양귀자, 쓰다)

남들은 다 완벽하게 사는 것 같나요? 천만에요. 인생은 어차피 모순 투성이입니다. 실수는 당신만 하는 게 아니니, 툭 털고 일어나세요. 인생은 어차피 모순투성이라는 쿨한 인정이 비교 지옥에서 우리를 꺼내줍니다.

과거의 실수 때문에 밤잠을 설칠 때

『미드나잇 라이브러리』(매트 헤이그, 인플루엔셜)

　과거의 잘못된 선택을 후회하지 마세요. 그 선택들이 우리를 지금의 우리로 만들었다고 이 책의 저자는 말합니다. 이불 킥 하고 싶은 흑역사가 있나요? 괜찮아요. 그 찌질했던(?) 순간들이 모여 지금의 당신을 만들었습니다. 후회 대신 "그 선택 덕분에 또 새로운 걸 배웠네"라고 말하면 어떨까요?

미래가 너무 막막하고 불안할 때

『연금술사』(파울로 코엘료, 문학동네)

　무언가를 간절히 원할 때 우주가 그 소망이 실현되도록 도와준다는 말, 너무 유명해서 뻔하다고요? 하지만 감당하기 어려운 기회 앞에서 예기치 못한 불안이 몰려올 때는 이만큼 강력한 주문도 없습니다. 가끔은 우주의 기운을 믿고 뻔뻔하게 밀고 나가는 '근거 없는 자신감'이 필요할 때가 있으니까요.

내가 잘하고 있는지 의심이 들 때

『데미안』(헤르만 헤세, 민음사)

지금 아프고 힘든가요? 그렇다면 여러분은 실패를 겪고 있는 게 아니라, 단단한 알을 깨고 나오려는 투쟁 중이라는 사실을 잊지 마세요. 성장통 없는 성장은 없습니다. 단단한 하나의 세계를 깨고 나올 때 비로소 우리는 새로운 세상을 맞이할 수 있습니다.

아무것도 하기 싫고 무기력할 때

『달리기를 말할 때 내가 하고 싶은 이야기』(무라카미 하루키, 문학사상)

26년간 계속 달리기를 이어갈 수 있는 동기는 어디에서 나올까요? 의욕이 생겨야 움직이는 게 아니라, 움직여야 의욕이 생깁니다. 고민할 시간에 일단 운동화 끈부터 묶으세요. 몸이 움직이면 마음은 알아서 따라오게 되어 있습니다.

타인의 시선과 평가가 두려울 때

『나는 나로 살기로 했다』(김수현, 클레이하우스)

"너는 너 이외의 다른 사람이 될 필요가 없단다. 너는 너 자신으로 충분해." 우리는 모두 '타인'이라는 심사위원 앞에 서 있습니다. 하지만 그 오디션, 기권해도 돼요. 당신은 누군가에게 보여주기 위해 태어난 존재가 아니니까요. 그냥 '나'로 사세요.

내 인생만 뒤처진 것 같아 조급할 때

『파우스트』(요한 볼프강 폰 괴테, 현대지성)

"인간은 노력하는 한 방황한다"라는 말을 기억하세요. 노력이 없다면 방황하는 일도 없습니다. 인생은 속도가 아니라 방향이라는 말도 있잖아요? KTX 타고 엉뚱한 곳으로 가는 것보다, 무궁화호 타고 원하는 곳으로 가는 게 낫습니다. 늦었다고 생각하지 말고 자신의 나침반을 믿으시길 바랍니다.

지금 겪는 고통이 무의미해 보일 때

『젊은 시인에게 보내는 편지』(라이너 마리아 릴케, 디자인이음)

마음속 풀리지 않는 모든 문제를 풀려고 애쓰지 마세요. 그저 그 문제를 사랑하려고, 살아내려고 애쓰세요. 인생의 난제들은 시간이 지나야만 풀리는 퍼즐 같거든요. 지금은 물음표를 안고 묵묵히 걸어가면 됩니다. 언젠가는 느낌표를 만날 테니까요.

내 힘으로 어쩔 수 없는 일에 화가 날 때

『파도가 바다의 일이라면』(김연수, 문학동네)

"파도가 바다의 일이라면, 너를 생각하는 것은 나의 일이었다." 세상일이 내 맘대로 안 될 때 이 문장을 떠올려보세요. 파도(시련)는 바다가 알아서 치게 두고, 우리는 우리가 할 일(사랑하고 읽고 쓰는 일)을 하면 됩니다.

완벽하지 않은 나를 사랑하고 싶을 때

『우리가 빛의 속도로 갈 수 없다면』(김초엽, 허블)

때로는 잘 사는 것보다 그저 살아 있다는 게 더 중요합니다. 우리는 최선을 다해 살아남았고, 더 이상 우리 존재를 증명할 필요가 없습니다. 실수 좀 하면 어때요? 이 험한 우주에서 오늘 하루를 무사히 살아낸 것만으로도 우리는 이미 기적 같은 존재입니다. 오늘 밤은 자신을 꽉 안아주세요. "고생했다, 살아남느라!"

2장 책이라는 낯선 세계로 뛰어든 당신에게

베스트셀러보다
내 감각을
믿기

책스타그램 계정을 운영하다 보면, 어떻게 책을 골라야 하느냐는 질문을 많이 받는다. 하지만 내게 '현명한 책 선택법'이나 '가성비 좋은 구매법' 따위를 기대하는 분이 계시다면, 미리 심심한 사과의 말씀을 드려야겠다.

　책여사 계정을 오랫동안 봐오신 분이라면 아시겠지만, 서점 문을 열고 들어서는 순간이나 온라인 서점 앱을 켜는 순간, 내 두뇌에서 이성을 담당하는 전두엽은 셔터를 내리고 셧다운 모드에 들어간다. 그때부터는 오로지 편도체, 즉 감정이 지휘봉을 잡고 결제까지 일사천리로 진행해버린다. 적어도 책과 나 사이에서는 아직도 첫눈에 반하는 운명적인 사랑이 있다고 믿는다. 그 사랑에 실패한 적도 여러 번이지만, 나와 맞지 않는 책을 만나는 경험조차 더 좋은 책을 만나기 위한 기회비용이라 생각하면 일말의 아쉬움조차 남지 않는다.

이렇듯 늘 이성적으로 책을 고르는 것은 아니지만, 수많은 구매를 통해 나만의 기준은 확실히 생겼다. 이번 글에서는 책은 읽고 싶지만 어떤 책이 좋은 책인지 모르겠다는 분을 위해 시행착오를 줄이는 나의 책 구매 팁을 소개한다.

일단 아직 책을 사본 경험이 많지 않은 분이라면 오프라인 서점에 방문해보기를 추천한다. 서점 매대에서 우연히 내 눈길을 사로잡는 표지를 발견했을 때, 그리고 그 책을 품에 안아 들었을 때 밀려오는 설렘과 뿌듯함이란 경험해본 사람만이 안다. 책을 읽기도 전인데, 계산대로 향하는 발걸음만으로도 이미 세상을 다 가진 듯한 만족감이 차오른다. 오프라인 서점은 가장 유명한 교보문고와 영풍문고, 알라딘 중고서점, 그 외에 특색을 갖춘 지역 서점과 독립 서점 등이 있다.

다음으로 말해두고 싶은 것이 있다. 바로 모두에게 좋은 책이란 없다는 것이다. 아무리 인기가 있는 베스트셀러라도 내게는 맞지 않을 수 있다. 또한 깊은 내용을 담고 있지 않더라도 지금 내 문제를 해결해줄 수 있는 책이라면 내게는 좋은 책이라고 할 수 있다.

옷을 살 때, 마네킹에 걸린 옷이 예쁘다고 무턱대고 사는 사람은 잘 없을 것이다. 아무리 예뻐도 거울에 대보고, 원단도 만져보고, 피팅룸에 들어가 직접 입어보면서 내 몸에 맞는지, 입었을 때 편안한지 확인해야 한다. 책도 마찬가지다. 내 돈과 귀한 시간을 쓰는 일인데 인터넷 서점의 순위만 믿고 덜컥 결제해서는 실패할 확률이 높다. 그래서 만든 것이 '3분 맛보기' 의식이다. 마치 국의 간을 보듯, 이 책이 내 입에 맞는지 살짝 맛을 보는 것이다. 이것은 많은 선배 독자로부터 배운 지혜이자, 독서 초보 시절부터 지금까지 유효한 필승법이다.

프롤로그 읽어보기

첫 번째 맛보기는 '프롤로그(서문)'다. 나는 프롤로그를 저자가 독자에게 보내는 '러브레터'라고 생각한다. "제 책은 이런 마음으로 썼고요, 당신에게 이런 이야기를 들려주고 싶어요"라고 간절히 구애하는 글이다.

오션 브엉의 소설 『기쁨의 황제』는 500쪽이 넘는 묵직한 장편소설이지만, 나는 '한국어판 서문'을 읽었을 때 이미 마음을 홀랑 빼앗겨버렸다.

죽음이 찾아오리라는 약속을 통해 우리가 어떻게 살아야 할지를 알리는 것, 그리고 우리가 서로를 위해 그리고 서로와 더불어 어떻게 일하는지에 우리 삶이 달려 있음을 보여주는 것입니다.

작품을 쓰며 늘 이런 마음을 품고 사는 작가라니! 결국 죽게 될지라도 그 과정에서 어떤 아름다움과 의미를 찾아갈지 함께 고민하는 작품일 거라는 확신이 들었다. 물론 본문도 기대 이상으로 아름다웠다.

만약 이 러브레터가 전혀 설레지 않거나, 무슨 말인지 도통 알아들을 수 없다면? 그건 저자와 나의 주파수가 맞지 않는다는 신호다. 과감히 내려놓아도 좋다. 시작부터 설레지 않는 관계는 끝까지 가기 힘든 법이다. 요즘에는 인터넷 서점에서도 '미리보기'를 통해 프롤로그와 차례, 본문 몇몇 페이지 정도는 살펴볼 수 있다.

차례 읽어보기

두 번째로 '차례'라는 지도를 펼쳐본다. 차례에서 내 호기심을 자극하는 제목이 있는지 훑어본다. "어? 이건 무슨 내용이지?" 하고 눈길이 멈추는 소제목이 적어도 세 개 이상은 있어야 한다. 어딘 작가의 에세이 『격 없는 우정』이라는 책은 차례가 예사롭지 않다. '2장 멋진 남자와 손잡기', '3장 멋진 여자와 일하기', '4장 멋진 이국의 친구들과 교류하기'. 이렇게 쉬운 단어의 조합이 만들어낸 이 강렬한 힘은 뭐지? 제목만 봐도 뻔한 '우정론'이 아니라, 저자가 만난 생생하고 매력적인 사람들의 이야기가 펼쳐질 것이라는 확신이 들었다. 차례만 봐도 가슴이 뛰는 책을 간택하자.

아무 페이지나 펼쳐보기

　마지막 결정타는 '아무 페이지나 펼쳐보기'다. 책을 아무 데나 툭 펼쳐서 딱 한 문단만 읽어본다. 이때 확인해야 할 것은 내용이 아니라 '문장의 식감'이다. 밥을 먹을 때도 유독 입안이 까끌까끌한 밥알이 있듯, 아무리 좋은 내용이라도 문체가 나와 맞지 않으면 읽는 내내 고역이다. 개인적으로 나는 의식의 흐름대로 흘러가거나 번역 투가 너무 심해서 독자가 '해독'을 해야 하는 문체를 견디기 힘들어한다(구병모 작가님의 아름다운 만연체는 예외다).

　반대로 내가 사랑하는 '맛있는 문체'는 오감을 자극하는 글이다. 눈앞에서 장면이 그려지듯 생생하고, 삶과 죽음 같은 무거운 주제를 다루면서도 위트를 잃지 않는 문장이다. 이런 문장은 작가가 치열한 고민을 거듭한 끝에 어떤 경지에 이르러서야 나올 수 있는 여유라고 생각한다. 그런 작가의 세계를 들여다보는 건 언제나 짜릿하다. 그러니 지금 내 독서력이 받아들일 수 있는 문체인지 직접 씹고 삼켜봐야 한다.

　이 까다로운 맛보기 과정을 통과한 책은 집에 데려와서도 끝까지 읽게 된다. 남들이 뭐라 하든 '내 감각'으로 고른 책이기 때문이다.

책과 충분히 가깝지 않을 때는 '내 인생을 바꿔줄 단 한 권의 책'이 어딘가에 숨겨져 있을 것만 같았다. 그래서 남들이 좋다는 베스트셀러와 스테디셀러를 꼭 읽어야 한다는 강박에 시달리기도 했다. 하지만 수많은 실패와 시행착오 끝에 내린 결론은 이것이다. '만인의 베스트셀러는 있어도, 만인의 인생 책은 없다.' 한 권 한 권 직접 고르고 읽어가며 '나의 취향'을 발견하는 과정은 단순히 책을 고르는 행위를 넘어 나 자신과 조금 더 친해지는 과정이기도 하다. 이런 경험이 쌓일 때, 비로소 우리는 인생이라는 긴 레이스에서 스스로를 가장 믿을 만한 친구로 삼을 수 있게 된다. 누군가의 추천도 참고는 하되 결정은 나의 몫으로 남겨두자. 당신의 취향은 생각보다 훨씬 더 정확하고, 섬세하다.

오프라인 서점에 가서 직접 책을 한 권 골라보자. 나의 감각으로 집중해 고른 책은 독서 욕구를 한층 끌어올려준다. 그래도 고르기가 어렵다면, 바로 뒤에서 소개할 책여사 추천 도서를 참고하자.

독서 입문자를 위한 추천 도서

책을 읽어보고 싶은데, 막상 서점에 가면 너무 많은 선택지에 머리가 하얘지시나요? 작심삼일은커녕 작심 3분도 안 되어 책을 덮어버리시나요? 걱정 마세요. 당신의 의지는 약하지 않습니다. 단지 아직 만만한 책을 만나지 못했을 뿐! 아직 인생 책을 만나지 못한 독서 초보를 위한 가장 쉽고 확실한 처방전을 드립니다.

STEP 1　실패 없는 만만한 책 고르기 3원칙

세상에 좋은 책은 많지만, 지금 당신에게 필요한 건 좋은 책보다 읽히는 책입니다. 다음 세 가지 기준을 기억하며, 지금 내 수준에 딱 맞는 책을 골라봅시다.

1. 얇아야 한다

일단 두께가 얇아야 합니다. 한 손에 쏙 들어오고 가벼울수록 좋습니다. 두꺼운 벽돌 책은 보기만 해도 질립니다. 얇은 책을 완독했을 때의 성취감부터 맛보세요.

2. 제목이 끌려야 한다

내용은 나중 문제입니다. 제목을 봤을 때 "어? 내 얘긴데?" 싶거나 호기심이 생겨야 합니다. 소장 욕구를 불러 일으키는 표지 디자인도 아주 훌륭한 선택 기준입니다.

3. 쉬워야 한다

책을 펼쳐서 아무 페이지나 읽어보세요. 세 줄 이상 읽었는데 무슨 말인지 모르겠다면? 과감히 내려놓으세요. 술술 읽히는 문장, 나와 주파수가 맞는 문체를 가진 작가를 찾는 것이 핵심입니다.

> **STEP 2** **책여사의 추천! 독서 입문자를 위한 응급 키트**

추천 도서를 페이지가 얇은 순서대로 정렬했습니다. 장르별로 부담 없이 골라보세요!

【센류】『그때 뽑은 흰 머리 지금 아쉬워』(공익사단법인 전국유료실버타

운협회·포푸라샤편집부, 포레스트북스, 128쪽)

누가 시를 어렵다고 했나요? 풍자 성격이 강한 짧은 시들을 보며 낄낄 웃다가 갑자기 눈물이 차오를 수 있으니 주의! 부모님 선물로도 추천합니다.

【단상집】『사라지는, 살아지는』(안리타, 홀로씨의테이블, 128쪽)

감성 장인 안리타 작가 입문서입니다. 이 책 이후로 작가님의 모든 책을 따라 읽게 되었습니다. 늦은 밤, 와인 한 잔을 곁들여 읽길 강력하게 추천합니다.

【동화】『숲속 가든』(한윤섭, 푸른숲주니어, 128쪽)

어른은 동화책 읽지 말라는 법 있나요? 큰 글자, 포근한 일러스트를 따라 읽다 보면 어느새 인생사에 관한 깊은 생각에 빠지고 눈물을 흘리게 될 걸요. 저의 인생 동화책이기도 합니다.

【시】『지금 알고 있는 걸 그때도 알았더라면』(류시화 엮음, 열림원, 136쪽)

숙취로 괴로워하던 어느 날, 제게 큰 위로를 주었던 시집입니다. 마음이 고단할 때마다 다시 펼쳐보는 인생 처방전이지요.

【에세이】『아무튼, 술』(김혼비, 제철소, 172쪽)

유쾌 상쾌 통쾌! 김혼비 작가 입문서로 딱입니다. 앉은 자리에서 다 읽게 만드는 마성의 필력을 자랑합니다. 단… 책에서 술 냄새가 날 수 있으니 주의하시길.

【소설】『두고 온 여름』(성해나, 창비, 172쪽)

2025 화제의 책 『혼모노』 작가 성해나의 또 다른 감성을 엿볼 수 있습니다. 쉽게 읽히는 언어와 여백 많은 이야기 속에 잔향이 오래 남는 좋은 소설입니다.

【만화】『망그러진 만화』(유랑, 좋은생각, 344쪽)

만화책도 엄연한 책입니다. 여기서 추천하는 책 중 이례적으로 300페이지가 넘지만, 넉넉 잡아 1시간이면 다 읽을 수 있습니다. 저의 책태기, 인생 권태기를 타파해주는 힐링 프렌드입니다.

BONUS 들고 다니기 딱 좋은 시리즈 맛집

책을 고르기 힘들 땐 믿고 보는 시리즈 중에 선택해보세요. 작고 가벼워서 가방 속에 넣고 다니기 딱 좋습니다. 취향 따라 골라 잡으세요!

【에세이】 아무튼 시리즈(위고, 제철소, 코난북스)

나를 만든 세계, 생각만 해도 좋은 한 가지를 담은 에세이 시리즈. 『아무튼, 노래』, 『아무튼, 달리기』, 『아무튼, 떡볶이』 등 취향과 관심사에 따라 쏙쏙 골라 읽는 재미가 있습니다.

【에세이】 띵 시리즈(세미콜론)

본격 음식 에세이 시리즈. 만인의 힐링 푸드 조식부터 소녀들의 소울 푸드 떡볶이까지…. 침 고이는 이야기들을 읽다 보면 작가와 밥 한 끼 먹은 듯한 내적 친밀감이 쌓이게 될 걸요?

【소설】 위픽(위즈덤하우스)

한 조각의 문학이라는 슬로건에 걸맞게 작고 가벼워 부담 없이 집어 들기 좋습니다. 구병모부터 정해연, 조예은 등 핫한 소설가들의 단편을 만날 수 있는 화려한 라인업을 자랑하지요.

【번외】 핀 시리즈(현대문학)

당대 한국문학에서 가장 현대적이고도 첨예한 작가들을 만나볼 수 있는 시리즈입니다. 조금 더 깊이 있는 독서를 원한다면 핀 시리즈의 소설, 시, 에세이를 찾아보세요. 작지만 묵직한 울림을 줄 것입니다.

아주 작은 것부터 시작해도 괜찮아

습관의 힘은 우리가 생각하는 것보다 훨씬 강력하다. 몸무게부터 언어 습관, 성격까지 모든 것이 평소 자주 하는 행동의 열매나 다름없다.

책을 가까이하는 사람이라면 이렇게도 말할 수 있을 것이다. "지금 나의 모습은 평소 독서 습관이 만든 결과다." 그만큼 나라는 존재는 내가 평소에 읽고 들은 것들이 차곡차곡 쌓여서 형성된 것이라고 봐도 무방하다.

단순히 "책을 읽지 않으면 당신의 삶이 엉망이 될 거야!"라고 겁주려는 것은 아니다. 다만 그만큼 독서가 우리의 생각과 가치관에 많은 영향을 끼친다는 이야기를 하고 싶었다.

그럼에도 아직 책과 어떻게 친해져야 할지, 어떻게 독서 습관을 들여야 할지 잘 모르는 분도 많을 것이다. 독서 습관이라고 해서 무겁게 생각할 필요는 없다. 아주 작은 행동 하나부터 바꾸어보기를 추천한다.

일주일에 한 번은 도서관이나 서점 가기

아무리 바쁜 사람이라도 일주일에 한 번, 한 시간 정도는 책을 위해 시간을 낼 수 있지 않을까? 처음 도서관에 갈 때 나는 이런 마음을 먹었다. '어떤 책이든 빌려두면 조금이라도 읽겠지. 설령 못 읽더라도 반납하러 가야 하니까 또 다른 책을 빌려오겠지. 그럼 또 읽겠지.' 이렇게 부담 없는 선순환을 만드는 것이 첫 목표였다.

실제로 그랬다. 처음 가본 도서관은 생각보다 휑하고 낯설었다. 어디로 가야 책을 빌릴 수 있는지조차 몰랐다. 그래서 처음에는 그저 도서관을 산책하듯 돌아보다가 나오기도 했다. 하지만 둘러보다 보니 차차 내가 좋아하는 책들이 모인 서가가 어디인지 알게 되었고, 비교적 얇은 시집을 몇 권 빌리는 데도 성공했다. 때때로 빌려본 책을 소장하고 싶을 때는 도서관 대신 서점을 찾기도 했다.

도서관과 오프라인 서점에서만 만날 수 있는 또 다른 재미가 있다. 바로 책이 아닌 사람들을 구경하는 재미다. 주의 깊게 책을 살펴보는 모습이나, 아예 테이블에 앉아서 가만히 책을 읽는 모습을 살펴보면 사랑스럽기 그지없다. 나도 그 무리 안에 속해 있다는 사실에 괜히 뿌듯해지기도 한다.

꼭 책을 보거나 사기 위해서가 아니라도 약속 시간 전이나 퇴근하는 길에 잠깐 짬을 내어 책이 많은 곳에 가는 것만으로도 책과 더 가까워지는 기분을 느낄 수 있을 것이다.

10페이지만 읽어도 충분하다

의외로 책을 잘 읽지 않는 사람들이 오해하는 부분이 있다. 바로 책은 처음부터 끝까지 다 읽어야 한다는 완독의 강박이다. 나도 그랬다. 책을 사서 1페이지부터 순서대로 읽어야 하고, 끝까지 다 읽지 못하면 '실패한 독서'라고 생각했다. 책장에 꽂힌 읽다 만 책들을 보며 "아, 나란 인간은 끈기가 없어"라고 자책한 적도 한두 번이 아니다.

하지만 생각해보자. 뷔페에 가서 김밥부터 디저트까지 모든 메뉴를 다 먹어야만 "오늘 식사 성공했어!"라고 말하는가? 아니다. 내가 좋아하는 초밥과 스테이크만 골라 먹어도, 아니 가장 좋아하는 딸기 디저트만 실컷 먹어도 "아, 잘 먹었다!"라며 만족할 수 있다.

독서도 마찬가지다. 한 권의 책은 정복해야 할 산이 아니라, 맛있는 것들이 가득한 뷔페다. 작가가 차려놓은 수많은 문장 중에서 내 입맛에 맞는 것, 내 상황에 필요한 것 하나만 건져도 그 독서는 충분히 성공적인 것이다. 200페이지짜리 책에서 단 한 문장이라도 내 마음을 울렸다면, 그 책은 밥값을 충분히 해낸 것이다. 나머지 199페이지는 그 한 문장을 만나기 위한 포장지였다고 생각해도 좋다.

끝까지 다 읽어야 한다는 부담감을 내려놓는 순간, 독서는 '숙제'가 아니라 '탐험'이 된다. 차례를 훑어보다가 마음에 드는 제목을 골라 읽어도 좋고, 아무 페이지나 펼쳐서 마치 점을 보는 것처럼 나에게 운명처럼 다가오는 문장을 만나도 좋다. 읽다가 재미없으면 과감하게 덮어도 된다. 나를 기다리는 재미있는 책은 세상에 널렸으니까!

책 친구 만들기

책에 재미를 붙이기 시작했을 무렵, 책 이야기를 나눌 만한 대상이 없다는 사실이 생각보다 큰 아쉬움으로 다가왔다. 그러다 우연한 기회로 온라인 기반의 독서 모임을 시작하게 되었다. 나보다 훨씬 책을 많이 읽은 사람들에게 좋은 책을 소개받기도 했고, 내가 읽은 책을 추천하기도 하며 책 읽는 기쁨은 두 배가 되었다. 실제로는 한 번도 만나보지 못한 사람들이었지만, 책을 통해 가까워져 기꺼이 대나무숲 같은 존재가 되어준 그들 덕분에 나 또한 누군가의 대나무숲이 되어주고 싶다는 따뜻한 마음을 키울 수 있었다.

책을 읽는 과정이 더 풍요로워지길 원한다면, 책을 함께 이야기 나눌 사람을 찾는 것도 좋은 방법이다. 온·오프라인 독서 모임에 참여하거나, SNS에서 책 관련 계정을 팔로우하고, 유튜브 북튜버를 구독하는 것도 도움이 된다. 주변에 책 이야기를 하는 사람이 많아지면, 자연스럽게 책을 찾는 환경이 만들어진다. 독서는 개인적인 행위이지만, 다른 사람과 함께 나눌 때 그 의미는 더욱 깊어진다. 읽은 책에 관해 함께 이야기하면서 새로운 시각을 얻게 되거나 예상치 못했던 감정을 발견하게 되기 때문이다. 같이 읽는 일은 혼자 읽는 일보다 느리고 번거롭다. 하지만 혼자 읽을 때는 발견하지 못한 새로운 기쁨을 얻는 창구가 될 수도 있다. "함께 가야 멀리 간다"라는 말은 독서 생활에서도 적용되는 진리다. 혼자서는 포기하기 쉬운 일도 환경이 갖춰지면 자연스러운 습관이 된다.

『아주 작은 습관의 힘』에는 이런 구절이 나온다.

습관이 중요한 진짜 이유는 (…) 스스로에 대한 믿음을 변화시킬 수 있기 때문이다.

어제보다 조금 더 나은 내가 될 수 있다는 믿음은 오늘의 아주 작은 행동으로 시작된다. 이번 주말, 가까운 도서관이나 서점에 가보자. 그리고 오늘 당장 책을 펼치고 10페이지만 읽어 보자. 그 책에 대해 함께 떠들 친구를 찾아보자. 그렇게 읽고 나눈 짧은 글 속에 당신의 오늘을 구원할 문장이 숨어 있을지도 모른다.

책장에 있는 책 중 아무거나 꺼내서 딱 10페이지만 읽어보자. 은은한 뿌듯함이 차오를 것이다.

죽은 시간을 살리는

틈새 독서의
기술

"너무 바빠서 책 읽을 시간이 없어요."

　책을 읽자고 하면 들려오는 가장 흔한 반응이다. 이 말을 들을 때마다 격하게 고개를 끄덕인다. 나도 직장인일 때는 같은 생각을 수도 없이 했기 때문이다. 1분 1초가 아쉬운 아침, 좀비처럼 씻고 나와 만원 지하철에 몸을 구겨 넣으면, 독서는커녕 숨쉬기도 버겁다. 회사에서는 업무 폭탄에 시달리고, 집에 오면 손가락 하나 까딱할 힘도 없어 소파와 한 몸이 된다. 이런 전쟁 같은 일상에서 책 읽을 시간을 따로 낸다는 것은 판타지처럼 느껴지기도 한다.

　하지만 인정할 건 인정하자. 우리에게 남아도는 시간은 영원히 오지 않는다. 시간은 찾는 것이 아니라 줍는 것, 더 나아가 '마련하는 것'이다. 바쁜 일상 곳곳에 버려진 '틈새'를 줍는 기술, 나를 위한 시간만큼은 어떻게든 마련하는 기술이 바로 내가 1년에 150권을 읽는 비결이자, 시간을 내 편으로 만드는 마법이다.

틈새를 '발견'하는 눈 키우기

우리의 하루에는 생각보다 많은 '구멍'이 뚫려 있다. 친구를 기다리는 15분, 컵라면 물이 끓기를 기다리는 3분, 엘리베이터를 기다리는 1분. 우리는 보통 이 시간을 '버리는 시간' 취급하며 스마트폰을 보거나 멍하니 흘려보낸다. 나는 이 틈새를 '책 읽는 시간'으로 만들기 시작했다. 처음에는 익숙하지도 않고 이렇게까지 해서 책을 읽어야 할까 하는 마음이 들겠지만 이 것은 단순히 책을 몇 줄 더 읽는 차원의 문제가 아니다. 타인이나 상황에 의해 휘둘리던 시간을, 내가 주도적으로 '쓰는' 시간으로 바꾸는 일이기 때문이다. 문제는 그 시간을 얼마나 의식하고 있느냐 하는 것이다.

딱 하루만 그냥 흘려보내는 시간이 얼마나 많은지 의식적으로 살펴보자. 시간의 주도권을 되찾는 순간, 일상의 스트레스는 놀랍도록 줄어든다. 이전 같으면 약속 시간에 늦은 남편이 "미안해"라며 달려올 때, "왜 이렇게 늦었어?" 하고 짜증을 냈겠지만, 틈새 독서를 즐기는 나는 이렇게 말한다. "오? 벌써 시간이 이렇게 됐네! 책 읽느라 시간 가는 줄 몰랐어. 괜찮아.”
좋은 사람 된 것 같은 기분은 덤이다.

어디든지 책을 가지고 다니기

틈새를 줍기 위한 첫 번째 준비물은 무조건 ‘책’이다. 나는 집 앞 마트에 갈 때도, 친구를 만날 때도 습관처럼 책 한 권을 챙긴다. 십중팔구 펼쳐보지도 못하고 그대로 들고 올 거라는 걸 알지만 ‘혹시나 짬이 날지도 몰라’ 하는 마음으로 챙긴 그 책의 무게감이 중요하다. 가방 속에 묵직하게 자리 잡은 책은 나에게 계속 말을 건다. “나 여기 있어. 잠깐이라도 펴보지 않을래?” 그 무게를 견디고 들고 다니다 보면, 억울해서라도 엘리베이터를 기다리는 1분 동안 책을 펼치게 된다. 비록 한 페이지도 다 못 읽고 덮을지라도, 그 1분 1분이 모여 계속 읽는 습관이 만들어진다.

틈새 독서를 위한 ‘장비발’ 세우기

종이책에는 치명적인 한계가 있다. 무겁고, 어두운 곳에서는 읽을 수 없다. 이 한계를 깨부수고 나를 틈새 독서의 고수로 만들어준 구원 투수가 있었으니, 바로 이북리더기다. 아직도 종이책을 선호하기는 하지만, 내가 전자책을 찬양하게 된 데는 남다른 사연이 있다.

내가 사는 '부산釜山'은 지명에 '산'이 들어가는 만큼, 시내 도로를 달리다 보면 수많은 터널을 만난다. 20대 중반에 자외선 과다 노출로 각막 화상을 입은 적이 있어서 빛에 유독 예민한 나는 터널을 지날 때마다 밝아졌다 어두워지기를 반복하는 조도 때문에 눈에 극심한 피로와 통증을 느꼈다. 그래서 차 안에서 책을 읽을 때마다 큰 괴로움을 감수해야 했다.

하지만 전자책은 주변 조도와 상관없이 일정한 밝기를 유지해 주기 때문에 흔들리는 차 안에서도, 수없이 지나가는 터널 속에서도 평온하게 책을 읽을 수 있었다. 여행 갈 때도 마찬가지다. 예전에는 '이것도 읽고 싶고 저것도 읽고 싶어' 하며 종이책 세 권을 꾸역꾸역 챙겨 넣느라(세 권만 챙기면 다행이다. 네 권 이상 되면 고행길이 열린다는 걸 알면서도 혹시나 하는 마음에 한 권 더 챙긴 일이 수두룩하다) 어깨가 빠질 뻔했다. 하지만 이제는 '종이책 한 권과 전자책 리더기 한 대' 조합이면 세상 어디를 가든 마음이 든든하다. 밤늦은 시간, 잠든 가족들을 깨우지 않고 이불 속에서 불을 끄고 읽을 수 있다는 장점은 덤이다. 노후 대비용으로 글자 크기를 키울 수 있다는 점까지 생각하면, 독서가에게 전자책은 선택이 아닌 필수다.

읽을 수 없다면 들어라

눈으로 읽을 수 없는 상황이라면? 귀로 읽으면 된다. 국내에 오디오북이 보급된 지는 얼마 되지 않아 익숙하지 않은 분들도 많을 것이다. 사실 나도 오디오북에 대한 편견이 있었다. '활자를 눈으로 꾹꾹 눌러 담아야 진짜 독서지, 듣는 게 무슨 독서야?'

하지만 이 편견은 2025년, 노벨문학상 수상 작가인 '크러스너호르커이 라슬로'의 책들을 읽으며 산산조각 났다. 수상 소식을 듣자마자 호기롭게 그의 저작을 모두 구매하고 '한 달 완독 챌린지'를 시작했다. 『라스트 울프』나 『사탄탱고』까지는 그럭저럭 읽을 만했다. 하지만 『저항의 멜랑콜리』를 읽다가 그야말로 '멘붕'이 왔다. 난해한 문장들이 끝도 없이 이어지는데, 읽어도 읽어도 "여긴 어디? 나는 누구?"라는 물음표만 떠다녔다.

1차 포기, 2차 시도 후 다시 포기. 그러다 어마어마한 두께의 『벵크하임 남작의 귀향』을 마주하고는 도저히 읽을 엄두가 나지 않아, 지푸라기라도 잡는 심정으로 전자책 TTS(듣기 기능)를 켰다. 그런데 웬걸! 눈으로 볼 때는 외계어 같던 문장들이, 소리로 들으니 리듬을 따라 귀에 쏙쏙 박히는 게 아닌가. 라슬로 작가가 왜 "내 글은 리듬감이 중요하다"라고 했는지 비로소 깨닫게 되었다. 덕분에 두 번이나 덮었던 『저항의 멜랑콜리』도 듣는 독서로 완독에 성공했다. 눈이 지칠 때나 집안일을 할 때도 오디오북은 독서의 틈새를 메워주는 훌륭한 접착제다.

하루에 단 10분, 아니 5분이라도 좋다. 단 몇 분이라도 오롯이 나를 위해 쓴 시간은 하루 전체의 방향을 바꾼다. 처음엔 그 10분이 보잘것없게 느껴질 수도 있다. 하지만 그 시간이 하루를 붙잡는 시작이 되고, 일주일을 바꾸고, 결국에는 내 삶 전체의 흐름을 조금씩 다른 곳으로 이끌어준다.

책여사 계정의 시작도 틈새 시간에 읽고 쓴 기록들이었다. 시간은 우리의 편이 되고 싶어 한다. 지금 손에 들린 스마트폰을 내려놓고, 가방 속에 잠들어 있던 책을 깨워보자. 사라지던 시간이 '나의 시간'으로 바뀌는 마법이 시작될 것이다.

하루에 시간을 어떻게 사용하고 있는지 점검하자. 그중에 독서를 할 수 있는 시간은 언제인지 체크하고 딱 일주일만 실천해보자.

밤 독서를 위한 나만의 서재 만들기

직장인일 때는 회사 문을 열고 나가는 순간부터, 프리랜서로 집에서 일하는 지금은 서재 겸 작업실 문을 닫고 나오는 순간부터 자유가 시작된다. 하지만 내가 좋아하는 '진정한 OFF'의 시간은 따로 있다. 바로, 씻고 나와 침대 머리맡 조명을 켜는 순간이다. 그때에야 비로소 나는 마음을 놓고 안식을 취한다. 침대는 세상의 소음이 차단된 나만의 방공호이자, 하루 동안 너덜너덜해진 마음을 기워내는 수선실이다. 조명을 켜고 조용히 책을 읽는 이 밤의 의식을 위해 하루를 살아낸다고 해도 과언이 아니다.

책을 사랑하는 사람이라면 누구나 자신만의 서재 혹은 독서존에 대한 로망이 있을 것이다. 내 침대맡도 좋아하는 책과 문장 카드, 연필과 인덱스 스티커까지 누가 봐도 '책을 사랑하는 사람의 침실'다운, 평온하고 완벽한 세팅을 자랑한다. 신혼 때 큰맘 먹고 장만한 귀여운 버섯 모양의 조명이 은은한 빛을 뿜어내고, 손 뻗으면 닿을 거리에 낮고 기다란 책장도 놓여 있다. 그 책장에는 내가 가장 아끼는 에세이와 청소년 소설 들이 꽂혀 있고, 애정해 마지않는 사노 요코 작가님의 문장이 적힌 문장 카드가 붙어 있다.

물론 내 방도 처음부터 이렇지는 않았다. 독서라는 취미에 처음 발을 들였을 무렵, 내 방에는 그 흔한 책꽂이도 하나 없었다. 도서관에서 빌려온 책들이 방바닥에 덩그러니 쌓여 있는 게 왠지 안쓰러워 보이긴 했지만, 굳이 책장을 사야 할 필요까지는 느끼지 못했다. 그러던 어느 날 길을 걷다가 누군가 버려둔 낮은 나무 선반 하나를 발견했다. 보자마자 '이거다!' 싶어서 원목 선반을 낑낑대며 들고 와 깨끗이 닦아서 침대 머리맡에 두었다. 그것이 내 생애 첫 '머리맡 서가'였다.

조명은 더 가관이었다. 예전부터 방 전체를 환하게 밝히는 형광등 불빛은 왠지 나를 심문하는 취조실 불빛 같아서 마음에 들지 않았다. 예쁜 스탠드를 사기에는 돈이 아까워 휴대폰 액정 불빛에 의지하기도 하고, 급기야는 집에 굴러다니던 양초를 켜기도 했다. 나중에 알고 보니 제사상에 올리는 양초였지만(조상님, 죄송합니다. 덕분에 손녀가 책 좀 읽었습니다). 길에서 주워 온 낡은 선반과 제사상 양초가 타오르는 방이라니 지금 생각하면 기가 막힌 조합이지만, 그때는 그것도 꽤 멋져 보였다. 책과 나 그리고 고요하게 흔들리던 불빛이 아른거리던 그 방이 나의 첫 서재였다.

　머리맡 서재에서는 어떤 책을 읽으면 좋을까? 누가 가르쳐 준 것은 아니지만, 본능적으로 알게 된 생존 법칙이 있다. 바로 '밤의 책'과 '낮의 책'을 구분하는 것이다. 낮에는 전투적으로 지식을 탐하는 책을 읽어도 좋지만, 밤의 책은 휴식의 영역이어야 한다. 그래서 밤에는 자기계발서나 너무 흥미진진한 장르 소설은 읽지 않으려 애쓴다. "너 지금 이대로 살 거야? 더 노력해야지!"라고 채찍질하는 자기계발서를 읽다가는 뭐라도 당장 해야 할 것 같은 느낌에 잠이 달아나기 일쑤다. 잠들려고 펼친 책에서 '꾸짖을 갈喝!'을 만나면 되레 머릿속만 복잡해진다. 범인이 누구인지 궁금해 미칠 것 같은 추리 소설을 폈다가는 뜬눈으로 밤을 지새우고 다음 날 좀비가 되어 출근하게 된다(물론 알면서도 손을 뗄 수 없어 밤을 꼴딱 새우는 날도 있지만, 그건 어쩔 수 없는 책쟁이의 숙명이라 치자).

　밤에 읽는 도서용 머리맡 서가에는 비교적 '무해한 책'들을 모셔둔다. 노파심에 말하자면, 자기계발서나 소설이 유해하다는 뜻은 절대 아니다! 다만, 평온한 밤을 위해 잠시 거리를 둘 뿐이다. 자기 전에 읽을 책으로는 아무 페이지나 툭 펼쳐도 상관없는 시집이나, 편안하게 밑줄을 그으며 읽을 수 있는 에세이가 제격이다. 때로는 시나 에세이를 읽다가 감성이 차오를 대로 차올라 눈물바다가 되기도 한다. 하지만 그 눈물은 낮 동안 억눌러왔던 감정의 찌꺼기를 씻어내는 카타르시스의 표현이 아니겠는가. 실컷 울고 나면 오히려 개운하게 잠들 수 있다. 단, 다음 날 아침 붕어눈이 되는 건 감수해야 한다.

최근 머리맡 서가에 새로운 책이 추가되었다. 2024년에 개봉한 빔 벤더스 감독의 영화 《퍼펙트 데이즈》를 보고 나서다. 영화 속 주인공 히라야마는 도쿄의 공공 화장실을 청소하는 일을 하며 매일 똑같은 하루를 반복한다. 하지만 그의 하루 끝에는 언제나 책이 있다. 그는 잠들기 전 헌책방에서 산 고다 아야의 수필집 『나무』를 펼쳐 든다. 몇 페이지 읽지도 못하고 스르르 잠들기 일쑤지만, 안경을 벗고 책을 덮는 그의 표정은 세상 누구보다 평온해 보인다.

얼마 후 작은 서점에서 『나무』를 발견하고는 홀린 듯 그 책을 샀다. 그리고 나도 주인공처럼 매일 밤 잠들기 전 『나무』를 펼쳤다. 나 역시 몇 페이지를 읽지 못하고 눈꺼풀이 무거워져 책을 덮는 날이 많다. 하지만 괜찮다. 밤의 독서는 완독을 위한 게 아니라, 하루를 잘 마무리했다는 '마침표'를 찍기 위한 의식이니까. 읽다가 잠드는 것, 그것이야말로 밤 독서가 주는 최고의 특권이다.

밤 독서를 위한 중요한 의식이 있다. 바로 '스마트폰과의 이별'이다. 불면증은 사라진 지 오래지만, 여전히 수면의 질을 지키기 위해 매일 밤 스마트폰과 신경전을 벌인다. 충전기를 침실 밖으로 내놓는 '강수'까지는 두지 못했지만(아직은 스마트폰 없는 아침이 불안한 현대인이다), 나만의 타협점을 찾았다. 내일 아침 알람이 제대로 설정되었는지 확인한 뒤에는, 스마트폰을 뒤집어놓는다. 혹시 모를 연락에도 액정의 빛이 새어 나오지 않도록 하기 위해서다. 책을 읽다가 슬슬 눈꺼풀이 무거워지면 부드러운 검은색 실크 안대를 쓴다. 눈앞이 캄캄해지는 순간, 비로소 세상과 '로그아웃'한다. 더 이상 무엇도 보지 않겠다는, 이제 온전히 나만의 우주로 들어가겠다는 신호다.

하루 15분. 길다면 길고 짧다면 짧은 이 시간이 내일을 살게 한다. 길에서 주워 온 선반이 번듯한 책장으로 바뀌고, 촛불이 예쁜 버섯 조명으로 바뀌는 동안 내 삶도 달라졌지만, 변하지 않은 것도 있다. 고단한 하루 끝에 책을 펼치는 순간, 나는 가장 안전하고 평온한 나로 돌아간다는 것.

오늘 밤, 당신의 머리맡은 어떤 풍경인지 묻고 싶다. 혹시 충전기 선에 엉킨 스마트폰과 온갖 잡동사니들이 어지럽게 널려 있다면 독서를 위한 작은 공간을 마련해보는 건 어떨까. 쓰지 않는 의자 하나를 가져다 놓아도 좋고, 나처럼 출처 불명의 (누군가에게는 쓰레기였던) 낡은 선반을 데려와도 좋다. 아, 요즘은 채소 이름으로 된 주황색 어플도 있지!

　무엇이 되었건 당신만의 작은 공간에 당신의 마음을 편안하게 해줄 책 한 권과, 따뜻한 불빛을 준비해두자. 그리고 잠들기 전 딱 15분만, 세상의 소음을 끄고 책의 목소리에 귀를 기울여보자. 그 사소한 의식이 오늘 밤을 더 깊게, 내일 아침을 더 따뜻하게 만들어줄 것이다.

나만의 서재를 상상해보자. 상상 속 서재를 아주 작은 것부터 하나씩 실현하는 기쁨을 누려보자.

의지박약을 위한 작심삼일 독서법

매년 1월 1일이 되면 전 국민이 마법에 걸린 것처럼 '새 사람 코스프레'를 한다. 다이어리를 사고, 헬스장에 등록하고, 서점에 가서 베스트셀러를 집어 든다. 눈빛은 이글거리고 의지는 활활 타오른다.

"올해는 기필코 달라질 거야!" 하지만 그 불꽃의 수명은 안타깝게도 길지 않다. 짧으면 3일, 길어야 보름. 2월이 채 되기도 전에 헬스장은 기부 천사들의 성지가 되고, 야심 차게 산 책은 훌륭한 라면 냄비 받침대로 전락한다. 그때 우리는 슬그머니 달력을 넘기며 생각한다. '아직 괜찮아. 대한민국 사람이라면, 음력 1월 1일부터가 진짜 시작이지.' 그렇게 설날을 기다리며 애써 마음을 다잡아본다.

나도 다르지 않았다. 아니, 정확히 말하자면 나야말로 '의지박약계의 챔피언'이었다. '다이어트'를 외치면서 야식을 시켰고, '영어 공부'를 하겠다며 호기롭게 인터넷 강의를 결제해놓고 아이디와 비밀번호조차 까먹기 일쑤였다. 돈을 내고 등록한 헬스장과 인강도 작심삼일이 최대치인데, 누가 시킨 것도 아니고 돈을 지불한 것도 아닌 독서는 말해 뭐 하겠는가. 책과 운명적인 만남을 몇 번 겪은 뒤에, 책에 대한 관심이 생긴 것은 분명했다. 책을 읽으면 좋다는 거야 누군가 일러주지 않아도 아는 사실이었으니, 새해마다 본격적으로 책을 읽기로 다짐한 것도 자연스러운 일이었다. 하지만 그 관심이 습관으로 이어지기까지는 오랜 시간이 걸렸다.

처음에는 '올해는 50권 읽어야지!'라며 거창한 목표를 세웠다. 하지만 며칠이 채 못 가서 '이건 비현실적인 목표였어…. 한 달에 두 권, 24권으로 하자!' 하며 목표를 슬그머니 하향 조정했다. 하지만 그 약속마저도 지키기 어려웠고, 침대와 스마트폰의 유혹에 수도 없이 무릎을 꿇었다. 그러고는 익숙한 자책 레퍼토리를 반복했다. '하여간 난 끈기가 없어. 내가 그럼 그렇지.'

그런데 10년 차 독서가로 살면서 깨달은 놀라운 사실이 하나 있다. 꾸준히 책을 읽는 사람들, 소위 '다독가'나 '독서광'이라고 불리는 사람들도 실은 엄청난 의지력의 소유자가 아니라는 것이다.

우선 나부터가 완벽한 증인이다. SNS 동영상 속의 나는 늘 새벽에 기상해 하루를 빈틈없이 살아가며 시시때때로 책을 읽는 사람처럼 보일지도 모른다. 그러나 나도 당연히 서 있는 것보다는 앉는 게 편하고, 앉는 것보다 눕는 게 좋은 평범한 '사람'이다. 책보다 유튜브나 넷플릭스가 더 쉽고, 아무것도 하고 싶지 않아 침대와 한 몸이 되는 날도 당연히 있다. 그렇게 포기를 일삼던 내가 어떻게 지금의 모습이 될 수 있었을까? 그 비밀은 바로 '작심삼일' 독서법이다.

우리는 3일 만에 결심이 무너지면 '또 실패했네'라고 생각하며 지속할 의지를 놓아버린다. 나도 그랬다. 하지만 지금은 3일 만에 무너진 나를 탓하지 않는다. 대신 이렇게 생각한다. "오, 3일이나 했네? 그럼 오늘 하루 쉬고 내일부터 다시 3일 시작하지, 뭐." 그렇다. 작심삼일을 10번 반복하면 한 달이 된다. 100번 반복하면 1년이 된다. 나는 작심삼일을 실패가 아닌 '하나의 완성된 세트'로 본다. 헬스장에서 운동을 해본 분이라면 모두 알 것이다. 어떤 트레이너도 스쾃을 단번에 30회씩 시키지 않는다. 대신 10번씩 3세트를 하게 한다. 30회를 하라고 할 때는 엄두도 안 나던 것이 10회씩 3세트를 하라고 하면 왜인지 할 만해진다.

3일 동안 책을 읽었다는 것은 대단한 성과다. 그러니 4일째는 나에게 '휴식'이라는 포상을 준다. 책을 덮고 실컷 논다(다시 말하지만 포기한 게 아니고, 포상을 받은 것이다). 그리고 충분히 쉬고 나면 다시 작심삼일을 시작한다. 우리가 '끈기'라고 부르는 것은 한 번도 끊어지지 않고 이어지는 팽팽한 고무줄이 아니다. 적어도 나에게 끈기란 '툭하면 끊어지지만, 그때마다 다시 매듭을 묶어서 이어 가는 투박한 밧줄'에 가깝다. 매듭이 많을수록 밧줄은 더 단단해진다.

내 작심삼일 루틴은 이렇다. 1일 차는 '워밍업'이다. 이날은 책을 읽지 않는다. 그 대신 마음에 드는 책을 찾아 표지를 구경하고, 목차를 훑어본다. 가볍게 간만 보는 날이다. "음, 이번엔 너로 정했다." 2일 차에는 본격적으로 독서를 시작한다. 밑줄도 긋고 메모도 하며 꽤 진지하게 읽는다. 이때가 의지력이 가장 높은 날이다. 3일 차가 되면 고비가 찾아온다. 슬슬 책이 지루해지고 딴짓하고 싶어진다. 이때는 '딱 10분만 읽자'라고 스스로를 타이르며 책을 읽는다. 대망의 4일 차는 휴식일이다. 이날은 책 근처에도 가지 않는다. 치킨을 먹으며 밀린 드라마를 정주행하거나, 멍하니 누워 있는다. 죄책감? 없다. 나는 3일이나 성공한 사람이니까! 이런 패턴을 반복하다 보면, 신기하게도 독서가 '숙제'가 아니라 '리듬'이 된다. 쉴 때 확실히 쉬어주니 다시 시작할 힘이 생긴다.

뇌과학적으로도 우리 뇌는 변화를 싫어한다고 한다. '항상성'을 유지하려는 본능 때문에, 새로운 습관을 들이려고 하면 뇌는 비상사태를 선포하고 우리를 다시 소파 위로 끌어당긴다. 변화를 주도한 소수의 인류 덕분에 문명이 발전한 것도 사실이지만, 대다수 인류는 항상성을 더 사랑했고, 그 다수의 생존 본능이 여전히 우리 안에 남아 있다. 그러니 3일 만에 포기하고 싶어지는 것은 당신의 의지가 약해서가 아니라, 지극히 정상적인 뇌의 방어기제다. 요즘 식으로 이야기하면, 인류 '특'이라는 말이다.

하지만 그렇다고 해서 타고난 재능과 숨은 실력을 항상성 따위에 짓밟히게 두고 계속 늘어질 수는 없지 않을까. 이때 뇌를 이기는 방법이 있다. 바로 뇌를 속이는 것이다. "계속 읽자"가 아니라, "딱 3일만 읽자"라고 말하는 것이다. 아니, "잠깐 읽어볼까?"라고 해도 된다.

우리가 작심삼일 뒤에 포기하는 진짜 이유는 게으름 때문이 아니다. 역설적이지만 우리는 '완벽주의' 때문에 포기한다. 하루라도 빼먹으면, 계획대로 되지 않으면 '망했다'라고 생각하고 판을 엎어버린다. 매끈하고 완벽한 원을 그리지 못할 바엔 아예 그리지 않겠다는 그 강박이 우리를 멈추게 한다. 하지만 삶을 굴러가게 하는 건 매끈한 원이 아니라, 울퉁불퉁한 '톱니바퀴'다.

톱니바퀴를 자세히 살펴보면 뾰족하게 튀어나온 부분과 움

푹 들어간 부분이 있다. 뾰족하게 튀어나온 부분만 있어서는 결코 바퀴가 돌아가지 않는다. 움푹 패어 들어간 빈틈이 있어야만, 그 틈으로 다른 바퀴와 맞물려 거대한 힘을 만들어낸다. 독서도 마찬가지다. 책을 치열하게 읽는 날이 '튀어나온 톱니'라면, 책을 덮고 쉬어가는 날은 '들어간 틈'이다. 책을 읽지 못하고 흘려보낸 시간도 삶이라는 거대한 바퀴가 돌아가기 위해 반드시 필요한 시간일 뿐이다. 그러니 그 빈틈을 부끄러워하지 말고, 다음 톱니가 맞물려 돌아갈 추진력으로 삼으면 된다.

나는 지금도 '책태기'가 올 때마다 이 톱니바퀴 전략을 쓴다. 책이 꼴도 보기 싫은 날에는 과감하게 덮고 죄책감 없이 신나게 논다. 벼르고 벼른 드라마 시리즈를 하룻밤 사이에 정주행하기도 하고, 동물들이 동굴에 들어가 겨울잠을 자듯 아무것도 안 하고 잠만 자기도 한다. 그러다 문득 왠지 책을 읽고 싶다는 생각이 들면, 다시 1일 차를 선언한다. 그렇게 무수한 '1일 차'가 모여 어느덧 10년이 되었다.

이 글을 읽으며 '나는 안 돼, 벌써 포기했는걸' 하고 의기소침해 있는 분이 있을지도 모르겠다. 괜찮다. 포기했다는 건, 적어도 시도는 했다는 증거다. 그때 우리에게 필요한 건 강철 같은 의지력이 아니라, 제멋대로 꺼져버린 스위치를 다시 켜는 가벼운 손가락이다.

오늘 책을 읽지 못했어도 괜찮다. 톱니바퀴가 잠시 숨을 고르는 틈일 뿐이니까. 내일 다시 시작하면 된다. 작심삼일, 참 좋은 거라니까? 우리는 그렇게 3일마다 새로운 톱니를 맞물리며 앞으로 나아갈 수 있다. 자, 오늘부터 다시 1일이다.

작심삼일 루틴을 시작해보자. 꼭 3일이 아니더라도 내게 맞게 루틴을 변형해서 적용할 수 있다. 더 자세한 내용은 101쪽의 부록을 참고하자.

얇은 책, 만만한 책,

예쁜 책으로
책태기 극복하기

1년에 책을 150권 넘게 읽는다고 하면 사람들은 내가 365일 책만 읽는 활자 중독자인 줄 안다. 완전히 틀린 말은 아니지만 솔직히 고백하건대, 나에게도 책이 꼴도 보기 싫은 순간은 찾아온다. 어제까지만 해도 달콤하게 읽히던 문장들이 갑자기 검은 개미 떼처럼 징그럽게 느껴지고, 책을 펴자마자 수면 가스를 마신 듯 잠이 쏟아지는 시기, 이른바 '책태기(책+권태기)'라고 부르는 시기다.

독서 초보 시절에는 책태기가 찾아오면 '나의 부족함'을 탓하기 바빴다. '내 끈기는 여기까지인가 봐', '역시 난 독서랑 안 맞아'라며 자책했다. 하지만 수많은 책태기를 겪으며 책태기란 의지의 문제로 찾아오는 것이 아니라, '지적 소화불량' 때문에 오는 것이라는 사실을 알게 되었다. 맛있는 소고기도 매일 먹으면 질리고, 급하게 먹으면 체하는 법이다. 하물며 뇌를 쓰는 독서는 오죽하겠는가. 체했을 때 억지로 스테이크를 씹어 삼키려는 사람은 없다. 그때는 위장을 비우거나, 소화가 잘 되는 부드러운 미음을 먹어야 한다. 독서도 마찬가지다. 책태기가 왔을 때 벽돌 책을 붙들고 씨름하는 것은 미련한 짓이다. 그럴 땐 과감하게 전략을 바꿔야 한다. 이번 글에서는 내가 평소에도 자주 사용하는 '책태기 소화제' 세 가지를 공개한다.

읽지 말고 구경만 하기

첫 번째 처방은 '읽지 말고 구경만 하기'다. 소화가 안 될 땐 음식 냄새만 맡아도 울렁거린다지만, 책은 다르다. 내용을 읽으려 하지 말고, 책의 '물성物性'과 '내 흔적'을 즐기는 것이다. 나는 책태기가 오면 책을 읽는 대신 만진다. 책장에 꽂힌 책들을 꺼내 먼지를 털어주며 표지를 감상한다. 디자이너가 고심 끝에 골랐을 종이의 질감을 손끝으로 느껴보고, 새 책의 배를 가르는 짜릿함을 즐긴다. 조금 이상하게 들릴지 모르겠지만, 책 사이에 코를 박고 킁킁거리기도 한다. 오래된 책에서 나는 퀴퀴하고 편안한 헌책 냄새, 새 책에서 나는 빳빳한 종이와 잉크 냄새, 그와 더불어 나는 스테들러 B3 연필의 진한 흑심 냄새까지…. 어떤 향도 이보다 좋을 수는 없다.

또 다른 구경거리는 이미 내 손때가 꼬질꼬질하게 묻은 책이다. 나는 평소 책을 좀 험하게, 아니 격렬하게 사랑하는 편이다. 두꺼운 책은 편하게 읽기 위해 책등을 꾹 눌러 펴버리고(일명 척추 꺾기), 마음에 드는 문장엔 진한 B3 연필로 꾹꾹 밑줄을 긋는다. 그것도 모자라 여백에는 '헐', '대박', '미쳤다', 'ㅠㅠ' 같은 감탄사를 거침없이 적어 넣는다. 책태기가 와서 글자 한 자 읽을 기력조차 없을 때, 과거의 내가 남겨둔 이 낙서를 앨범 보듯 들춰 본다. 어떤 페이지는 작가와 진지한 대화를 나누는 토론장이 되어 있고, 어떤 페이지는 감정을 배설하는 낙서장이 되어 있다. 과거의 내가 남겨둔 'ㅋㅋㅋㅋ' 같은 웃음소리나, 격한 공감의 흔적들을 발견할 때면 피식 웃음이 난다. 텍스트를 읽는 게 아니라, 책과 즐겁게 놀았던 추억을 읽는 과정이 책에 질려버린 마음을 말랑말랑하게 풀어주는 최고의 스트레칭이 된다.

씹기 편한 유동식 먹기

두 번째 처방은 '씹기 편한 유동식'을 먹는 것이다. 활자가 빽빽한 줄글이 부담스럽다면, 그림이 절반인 책을 고르면 된다. 그림책이나 만화책 말이다. 사실 나는 만화책에 아픈(?) 기억이 있다. 중학생 시절, 친구들은 글자만 훌훌 읽고 10분 만에 한 권을 뚝딱 해치우는데, 나는 그림 하나하나를 뜯어보느라 교과서보다 만화책을 읽는 게 더 오래 걸렸다. 만화책 한 권을 반 전체가 돌려 보던 시절, 내 차례만 오면 정체가 되니 친구들 눈치가 보여 슬그머니 만화책과 담을 쌓고 살았다. "난 만화책 별로 안 좋아해"라고 쿨한 척했지만, 사실은 속도를 못 내는 게 눈치 보여 피했을 뿐이다.

그랬던 내가 어른이 되어 다시 만난 '유동식'이 있으니 바로 『망그러진 만화』다. 인스타그램 웹툰으로 시작해 엄청난 인기를 얻어 종이책으로 출간된 이 책은, 지독한 책태기를 겪던 내게 최고의 치료제가 되어주었다.

회사 일로 머리가 터질 것 같던 어느 날, 침대에 누워 이 책을 펼쳤다. 다섯 살 망그러진 곰(망곰)이 툭 던진 한마디가 내 명치를 때렸다. "난 밖에서만 어른인 척하고 집에 오면 애가 되는 것 같아." 밖에서는 1인분의 몫을 해내려 아등바등하지만, 집에만 오면 아무것도 하기 싫어지는 내 모습이 겹쳐 보였다. 무해한 그림들을 보며 낄낄대다가 나도 모르게 잠이 들었는데, 다음 날 일어나니 거짓말처럼 머리가 맑아져 있었다. 아무 글자도 읽고 싶지 않은 주말이라도 일단 펼치면 여지없이 오늘치의 위로와 웃음을 충전해준다.

만화책을 읽는 것도 엄연한 독서다. 죽이 식사가 아니라고 할 수 없듯, 그림책과 만화책은 지친 뇌를 달래주는 최고의 영양식이다.

아는 맛 찾기

마지막 처방은 '아는 맛'을 찾는 것이다. 새로운 식당에 도전할 기력이 없을 땐, 언제 가도 실패 없는 단골 식당에 가는 게 최고다. 독서도 그렇다. 새로운 정보를 입력하는 게 버거울 땐, 이미 읽어서 내용을 다 아는 '인생 책'을 다시 꺼내 든다. 나에게는 김연수 작가의 소설『사랑이라니, 선영아』가 그런 만병통치약이다. 이 책을 너무 좋아해서 각기 다른 판형으로 세 권이나 가지고 있을 정도다. 그중에서도 작가정신 출판사에서 2003년 초판으로 나온 버전을 가장 아낀다. 이 소설을 수없이 다시 읽게 만드는 힘은, 아이러니하게도 본문보다 앞서 배치된 '작가의 말'에 있다.

작가는 완도에서 여객선을 타고 제주로 가는 여정에서 마주친 한 장면을 묘사한다. 배 안에서 50대 남성이 낯선 아주머니들 무리에 어울리려 소주와 과자를 사고 춤추고 노래까지 하며 구애하는 장면이 나온다. 그 대목에서 문득 '새틴바우어새'를 떠올렸다. 수컷이 암컷을 유혹하기 위해 파란색 병뚜껑이나 플라스틱 조각을 모아 둥지 주변을 화려하게 꾸미는 그 새처럼, 최선을 다해 자신의 매력을 뽐내는 중년 남성의 모습이 겹쳐 보였기 때문이다. 작가는 그 장면 덕분에 사랑에 관한 소설을 쓰기로 마음먹었다고 고백한다. 우리가 여전히 사랑할 수 있는 사람들이기를 바라는 사랑 가득한 서문을 읽고 나면,

이어지는 소설을 다시 읽지 않을 도리가 없다. 이미 아는 내용이라 뇌는 편안하고, 다시 읽는 문장들은 처음보다 더 깊은 울림으로 다가온다. 책장에서, 내 마음속에서 푹 숙성된 인생 책은 읽을 때마다 깊은 맛을 낸다. 그 익숙한 편안함 속에서 책태기는 어느새 저 멀리 달아나고 없다.

책장에 쌓인 책을 보며 한숨만 나오고 책이 짐처럼 느껴질 때는 잠시 체한 것뿐이라고 생각하자. 오늘 하루 어려운 책은 덮어두고, 예쁜 책의 표지를 쓰다듬거나 얇고 만만한 그림책을 펼쳐보자. 그것도 귀찮다면 가장 사랑했던 그 책의 첫 페이지, 작가의 말을 다시 한번 읽어보는 건 어떨까? 그 작은 휴식이 꽉 막힌 속을 시원하게 뚫어줄 것이다.

당신만의 책태기 극복 도서를 만들어보자. 열 번, 스무 번 읽어도 지겹지 않은 당신만의 인생 책은 무엇인가?

하루 10분 독서 루틴 워크북

"책은 읽고 싶은데, 도대체 뭘 읽어야 할지 모르겠어요."

"시간이 없어서 자꾸 흐지부지돼요."

그런 당신을 위해 준비했습니다. 막연한 고민은 접어두고, 펜을 들어 체크해보세요. 나도 몰랐던 나의 '독서 DNA'를 찾고, 사라지는 시간을 잡아두는 '독서 그물망'을 짤 수 있습니다.

STEP 1　나의 독서 취향 찾기

Q. 다음 질문 중 나에게 더 가까운 것을 선택해보세요.

1. 평소 영화나 드라마를 볼 때 나는?

A. 주인공의 감정에 이입해 펑펑 우는 '휴먼/로맨스'가 좋다.

B. 범인을 추리하거나 반전을 거듭하는 '스릴러/미스터리'가 좋다.

C. 새로운 지식을 얻거나 실화를 바탕으로 한 '다큐/전기'가 좋다.

D. 현실에는 없는 상상의 세계가 펼쳐지는 '판타지/SF'가 좋다.

2. 요즘 나를 가장 괴롭히는 고민은?

A. 인간관계, 자존감 때문에 '마음'이 힘들다.

B. 반복되는 일상이 지루하고 '자극'이 필요하다.

C. 커리어, 재테크 등 '성장'이 정체된 것 같다.

D. 그냥 현실이 싫다. 어디론가 '도망'치고 싶다.

3. 나는 어떤 문장에 끌리는가?

A. "괜찮아, 너는 충분히 잘하고 있어."

B. "범인은 바로 이 안에 있어!"

C. "성공의 8할은 일단 시작하는 것이다."

D. "그녀가 문을 열자, 보라색 달이 뜬 다른 차원이 열렸다."

진단을 마쳤다면, A~D 중 어떤 알파벳이 가장 많은지 세어보세요.

A가 가장 많다면? → 감성 충전형

당신은 공감 능력이 뛰어난 'F' 성향이군요. 딱딱한 책보다는 마음을 어루만지는 따뜻한 에세이나, 주인공의 서사에 푹 빠질 수 있는 성장 소설을 추천합니다.

・추천 도서: 『아주 오랜만에 행복하다는 느낌』(백수린), 『선명한 사랑』(고수리), 『새의 선물』(은희경), 『기쁨의 황제』(오션 브엉)

B가 가장 많다면? → 도파민 추구형

지루한 건 딱 질색! 페이지가 훅훅 넘어가는 몰입감이 필요합니다. 추리 소설, 스릴러 혹은 반전이 있는 장르 소설로 독서의 '재미'부터 붙여 보세요.

・추천 도서: 『홍학의 자리』(정해연), 『적산가옥의 유령』(조예은), 『종의 기원』(정유정), 『나의 작은 무법자』(크리스 휘타커)

C가 가장 많다면? → 자기 성장형

효율을 중시하는 성향이시네요. 읽고 나서 남는 게 있어야 합니다. 명확한 해법을 주는 자기계발서나 지적 호기심을 채워주는 인문/과학서가 맞습니다.

・추천 도서: 『원씽』(게리 켈러), 『렛뎀 이론』(멜 로빈스), 『도둑맞은 집중력』(요한 하리), 『편안함의 습격』(마이클 이스터)

D가 가장 많다면? → 현실 도피형

꽉 막힌 현실에서 벗어나고 싶은 자유로운 영혼입니다. 상상력을 자극하는 SF 소설이나 판타지 혹은 아름다운 그림이 있는 그림책이 최고의 휴식처가 될 거예요.

・추천 도서: 『우리가 빛의 속도로 갈 수 없다면』(김초엽), 『프로젝트 헤

일메리』(앤디 위어), 『오늘의 수영장』(마리나 사에스), 『인생은 지금』(다비드 칼리)

STEP 2   틈새 독서 시간표 채우기

"시간이 없다"라는 말은 핑계입니다. 우리에게는 '버려지는 시간'이 너무 많거든요. 나의 하루를 떠올리며, 틈새 시간을 사냥해 빈칸을 채워보세요.

언제	얼마나	무엇을	어떻게
(예시) 출근길 지하철	30분	관심 있는 소설	전자책
(예시) 저녁 컵라면 물 끓일 때	3분	시집 1편	종이책

• Tip: 책은 한 권만 읽을 필요가 없습니다. 장소(화장실, 침대, 가방)마다 다른 책을 '비치'해두세요. 눈에 띄면 읽게 됩니다!

STEP 3   1권 완독 플랜 세우기

두꺼운 책도 쪼개면 만만해집니다. 그리고 3일 읽으면 하루는 놉시다! 이 표를 채우고 책갈피처럼 끼워두세요. 4일 차, 8일 차에는 죄책감을 내려두고 노세요. 쉼표가 있어야 다음 문장이 이어집니다.

도전 도서명: ___________________

총 페이지 수: _____쪽 ÷ 목표 기간: _____일 = 하루 분량: 약 _____쪽

1일 차 (간 보기)	2일 차 (몰입)	3일 차 (고비)	4일 차 (휴식!)
☐ 표지/목차 구경	☐ 밑줄 긋기	☐ 10쪽만 읽기	오늘은 책 덮고 놀기!
5일 차 (다시 시작)	6일 차	7일 차	8일 차 (또 휴식!)
☐ 다시 10쪽	☐ 조금 더 읽기	☐ 할 수 있는 만큼	치킨 먹으며 넷플릭스

　이 워크북은 당신을 옭아매는 숙제가 아니라, 독서라는 낯선 세계를 즐겁게 여행하기 위한 '가이드 맵'입니다. 빈칸을 완벽하게 채우지 못해도, 시간표대로 지키지 못해도 상관없습니다. 중요한 것은 이 과정을 통해 내가 어떤 책을 좋아하는지 고민해보고, 무심코 흘려보내던 틈새 시간을 의식하기 시작했다는 '변화' 그 자체니까요.

　작심삼일이 무너지면 어떤가요? 툭 털고 일어나 다시 '1일 차' 칸에 체크하면 그만입니다. 우리의 목표는 완벽한 계획표를 만드는 것이 아니라, 완벽하지 않더라도 계속 읽는 삶을 만드는 것이니까요. 이 작은 플래너가 당신의 독서 생활을 지키는 든든한 부적이 되어주길 바랍니다. 자, 이제 준비가 되었다면 펜을 내려놓고 책을 펼칩시다.

3장 ─ 독서로 더 충만해지는 일상

호캉스 대신 떠나는 북캉스

언젠가부터 '호캉스'라는 새로운 형태의 휴가가 등장했다. 코로나 바이러스의 공포로 전 세계의 해외 이동이 제한되자, 안전하게 휴식을 취하려는 수요가 호텔로 몰리며 새로운 휴가 트렌드로 급부상한 것이다. 이후 하나의 휴가 형태로 자리 잡아 지금도 인기를 끌고 있다.

나 역시 일상에 지치거나 번아웃이 찾아왔을 때 열심히 일한 나에게 주는 보상이라며 1박에 수십만 원을 호가하는 5성급 호텔을 예약해서 방문한 적이 있다. 푹신한 침구, 화려한 인피니티 풀, 정갈하고 고급스러운 조식 뷔페까지 겉으로는 모든 것이 완벽해 보였다.

하지만 막상 그 화려함 속에 들어서자 맞지 않는 옷을 입은 것처럼 마음 한구석이 어딘가 불편했다. 대접받는 듯한 느낌에 기분이 좋다가도 머릿속으로는 계산기를 끊임없이 두드렸다. '이 돈이면… 치킨이 몇 마리지?' 수영장에서도 수영에 온전히 빠져들지 못하고, '인생샷'을 남겨야 한다는 압박감에 바빴다. 조식을 먹을 때면 익숙하지 않은 티가 날까 봐 조바심이 나기도 했다. 겉으로 보기엔 어땠을지 모르지만, 좋은 곳에서 호사를 누리면서도 나는 늘 긴장 상태였다.

무엇보다 최악의 순간은 체크아웃을 하고 호텔 문을 나설 때였다. 이 문만 나서면 다시 전쟁 같은 현실로 복귀해야 한다는 사실이, 호캉스가 준 찰나의 달콤함을 순식간에 쓴맛으로 바꿔버렸다. 비싼 돈을 쓰고 얻은 것이라고는 '더 격렬하게 아무것도 하기 싫다'라는 무력감이었다.

그러던 어느 때인가 '북캉스('책'을 뜻하는 북과 '휴양'을 뜻하는 바캉스가 합쳐진 말)'라는 말을 알게 되었다. 이미 책 읽는 사람들 사이에서는 유명한 문화로, 무더운 여름에 해외나 바다 대신 시원한 도서관이나 서점 같은 조용한 장소에서 독서를 즐기는 지혜로운 피서법이었다. 책으로 몸의 열기를 식히는 휴양이라니, 참 근사한 말이다 싶었다.

나는 이 멋진 단어를 내 멋대로 빌려 쓰기로 했다. 내게는 몸의 더위보다 마음의 열기를 식히는 게 더 시급했기 때문에 계절을 가리지 않고, 마음이 지칠 때마다 나만의 북캉스를 떠나겠다고 결심한 것이다.

북캉스라고 해서 거창하게 생각할 필요는 없다. 고민이 꼬리에 꼬리를 물어 머릿속을 가득 채우는 덩치 큰 괴물이 되기 전에, 일단 몸을 일으켜 책이 있는 곳으로 이동하는 것만으로도 충분하다. 일상의 스트레스 수준에 따라 내가 자주 사용하는 몇 가지 방법을 소개한다.

가까운 도서관까지 걸어가기

"내 다리가 움직이기 시작할 때 내 생각도 흐르기 시작한다"라는 헨리 데이비드 소로의 말처럼, 정체된 불안을 해소하는 데는 걷기만 한 게 없다. 나도 머리가 복잡한 점심시간이면 운동화를 신고 집을 나선다. 목적지는 집에서 걸어서 30분 거리에 있는 도서관이다. 걸어서 5분 거리에 도서관이 있었다면 더 좋았겠지만, 30분이라는 멀지도 가깝지도 않은 애매한 거리가 오히려 축복으로 느껴질 때가 있다. 걷는 일 자체가 때로운 훌륭한 쉼이 되기 때문이다.

처음 걷기 시작할 때는 '아, 오늘 할 일도 많은데 언제 갔다 오나' 싶은 조급함이 앞선다. 하지만 10분, 15분… 걸음이 반복될수록 헐떡이던 호흡이 차분해지고, 머릿속을 꽉 채우던 잡생각들이 땀과 함께 증발한다. 20분이 넘어가면 신기하게도 머릿속이 맑아지며 어제 읽은 문장이나 오늘 해야 할 일의 실

마리가 떠오르기도 한다.

걷는 동안 복잡했던 머릿속이 1차로 환기되고, 도서관에 도착할 즈음이면 헝클어진 마음이 어느 정도 가지런해진다. 도서관 문을 열고 들어서면, 이미 좋은 자리를 차지하고 치열하게 읽고 쓰는 부지런한 사람들의 에너지가 나를 반긴다. 그 고요한 열기 속에 슬그머니 내 몸을 끼워 넣는 것만으로도, 무기력한 마음이 사라지고 다시 시작할 힘을 얻는다.

가끔은 유료 도서관 방문하기

조금 더 특별한 위로가 필요한 날에는 유료 도서관을 찾는다. 서울에 출장이 있을 때마다 들르는 '소전서림'이나 부산의 'F1963도서관' 같은 곳이다.

돈을 내고 도서관에 간다는 게 낯설 수도 있지만, 이곳에서의 경험은 5성급 호텔 못지않은 만족감을 준다. 책 읽기에 최적화된 조명과 온도, 안락하고 고급스러운 의자, 그리고 흔히 보기 힘든 귀한 예술 서적들까지 그야말로 '책 덕후'를 위한 맞춤형 공간이기 때문이다.

이 공간은 나에게 이렇게 속삭이는 것 같다. "당신은 지금 귀한 대접을 받고 있어요. 당신의 독서는 그만큼 가치 있는 일이에요." 평일에는 이용자가 많지 않아서 마치 공간을 통째로 빌린 듯한 호사(운영이 걱정될 정도지만, 제발 오래 버텨주기를!)

도 누릴 수 있다.

나만의 북캉스 성지 발견하기

깊은 휴식이 필요할 때 언제든 떠날 수 있는 '나만의 북캉스 성지'를 만드는 것도 추천한다.

내게도 인생이 지칠 때마다 방문하는 성지가 몇 군데 있다. 첫 번째는 울산에 있는 '라한호텔'과 북 카페 '지관서가'다. 부산에서 한 시간 정도의 거리로 멀지는 않지만, 훌쩍 떠나온 느낌을 주기에는 충분한 거리다. 게다가 라한호텔은 다른 지역의 호텔에 비해 가격도 저렴한 편이다. 숙소에 짐을 풀고, 바로 뒤 명덕 저수지를 산책한 뒤 맛있는 식사를 하고 지관서가에 들러 책을 읽는 것이 나만의 북캉스 루틴이다.

화려하지 않아도 좋다. 아니, 화려하지 않아서 더 좋다. 게다가 숙박객도 많지 않아서 모두가 체크아웃을 하고 빠져나간 마지막 날 오전의 수영장은 오롯이 우리 차지다. 남편이 물살을 가르는 동안, 나는 선베드에 누워 책을 읽는다. 찰랑거리는 물소리와 사각거리는 책장 소리만 가득한 평화로운 시간이다. 창밖으로 보이는 햇살이 따스해서, 수영장 특유의 락스 냄새와 찬 공기마저도 상쾌하게 느껴진다. 수십만 원짜리 인피니티 풀에서 인생샷을 건지려 애쓰던 때와는 비교할 수 없는 평온함이다. 남편과 함께 걷고 읽는 평화로운 이 시간이 지친 나를 다시 일으켜준다.

　두 번째는 남해의 북 스테이 공간 '고요별서'다. 이곳에 갈 때면 우리는 작정하고 '땅굴'을 판다. 그 때문에 여러 번 방문했지만, 아직도 주변에 핫한 관광지가 어디인지, 맛집이 어디인지 잘 모른다. 이곳에서만큼은 온종일 숙소에 콕 박혀, 준비한 책들에 파묻혀 지낸다. 나보다 요리에 훨씬 조예가 깊은 우리 집 공식 요리사 남편은 미리 준비해둔 먹거리를 다듬고 맛깔난 끼니를 준비한다. 창밖으로는 남해의 푸른 바다가 펼쳐져 있지만, 바다로 뛰어들기보다 책으로 가득 찬 숙소에서 먼 바다를 지켜보는 시간을 즐긴다. 세상과 단절된 곳이라 그런지 신기하게도 이곳에서는 집중력이나 일의 능률이 꽤 좋아진다. 도시의 소음 대신 풀벌레 소리, 이름 모를 새소리가 배경음악이 되고, 스마트폰 알람 대신 책의 문장들이 가깝게 말을 건네온다. 진정한 쉼은 아무것도 하지 않는 것이 아니라, 좋아하는 일에 온전히 몰입하는 것임을 이곳에서 배운다.

　우리 안에 쌓인 피로와 고민은 고인 물과 같다. 가만히 있으면 썩고 냄새가 난다. 그럴 땐 흐르게 해줘야 한다. 몸을 움직여 걷고, 장소를 옮겨 책 숲으로 들어가야 한다. 북캉스를 떠난다고 모든 고민이 해결되지는 않는다. 하지만 낯선 서가 사이를 거니는 것만으로도 마음의 공기가 바뀌기 시작한다.

　화려한 호텔에서 공허함을 느낀 적이 있다면 다음 휴가에는 혹은 이번 주말에는 가방에 책 한 권을 넣고 운동화 끈을 조여 매보자. 그 걸음 끝에 닿은 낯선 서가에서 진짜 휴식을 만나게 되기를 바란다. 불안하고 지칠 때 우리에게 필요한 건 화려한 소비가 아니라, 내면을 채우는 밀도 있는 시간일지도 모른다.

가끔은 집을 벗어나 새로운 곳에서 책을 읽어보는 것이 리프레시에 도움이 된다. 서점이든 북카페든 나만의 북캉스 성지를 탐색해보자.

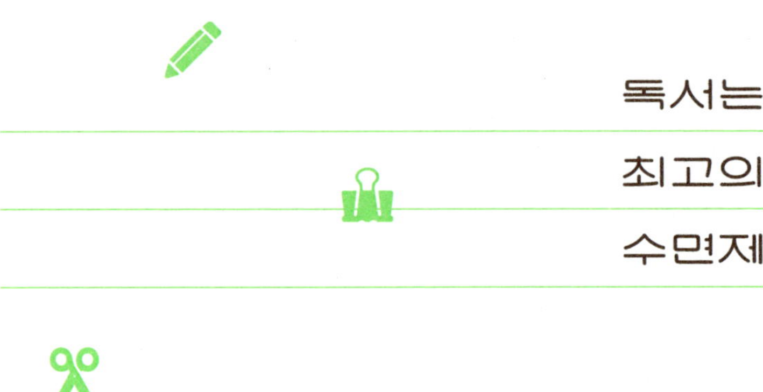

독서는
최고의
수면제

독일에서 한국으로 돌아온 뒤 한동안 불면증에 시달렸다. 달리 갈 곳도 없어 엄마 집에 얹혀 살던 시절이었다. 다 키워 독일로 떠나보냈다고 생각했던 딸이 날개 꺾인 새처럼 다시 둥지로 돌아왔으니 엄마의 마음이 편하지는 않았을 것이다. 나도 짐짝이 된 것 같다는 자격지심에 필요 이상으로 예민하게 굴었고, 엄마와의 동거는 하루하루 불편해져만 갔다. '쟤가 언제까지 저러고 있으려나.' 상상 속에서는 엄마의 속마음이 환청처럼 들려오는 듯했다. 팽팽하게 눈치를 살피는 긴장감에 불확실한 미래에 대한 불안까지 겹치니, 잠 못 이루는 밤이 점점 늘어났다.

지독한 불면증에 시달리는 밤이면 방문 너머로 엄마의 규칙적인 코골이 소리가 들려왔다. 엄마가 짊어진 삶의 무게를 증명하는 듯한 그 묵직한 소리조차, 그때의 나에게는 한없이 원망스러운 소음으로만 느껴졌다.

새벽 2시, 3시가 넘도록 뒤척이며 잠 못 들 때면 나는 습관처럼 손을 뻗어 스마트폰을 집어 들었다. SNS를 뒤적거리다가 독일에서 같이 인턴 생활을 했던 친구의 피드를 발견했다. 한국에 돌아온 뒤 전공을 살려 사업을 시작한 모양이었다. 누가 봐도 승승장구하는 듯한 모습에 멋지게 차려입고 환하게 웃고 있는 친구를 보자 괜시리 마음이 싱숭생숭했다. "축하해! 진짜 멋지다." 댓글을 다는 손끝이 미세하게 떨렸다. 머리로는 축하해야 한다는 걸 알면서도, 마음 깊은 곳에서는 시커먼 질투와 부러움이 독버섯처럼 피어올랐다.

스크롤을 내리니 이번엔 먼저 결혼한 친구들의 '깨 볶는' 신혼 생활이 펼쳐졌다. 화이트로 깔끔하게 꾸며진 신혼집, 주말이면 떠나는 여행, 기념일마다 올라오는 선물 사진들…. 마음 한구석에서 못난 생각이 또 삐죽 튀어나왔다. '도대체 얘들은 어디서 돈이 나서 결혼을 하고 가정이란 걸 꾸리고 사는 걸까?' 끝도 없이 이어지는 자기비하와 비교 의식에 잠은 점점 더 멀리 달아났다.

그러던 어느 날, 새벽 3시가 넘도록 SNS를 보며 뒤척이다가 충동적으로 스마트폰을 엎어버렸다. 계속 이렇게 남들의 화려한 일상만 들여다보다가는 속이 터져 죽을 것만 같았다.

억지로 눈을 감았지만, 여전히 잠은 오지 않았다. 그때 침대 머리맡에 아무렇게나 굴러다니던 책 몇 권이 떠올랐다. 도서관에 들러 제목만 보고 골라온 책들이었다. '이거라도 읽으면 지루해서 잠이 오겠지.' 책을 읽기 위해 조명을 켜자, 스마트폰의 푸른빛이 아닌 따뜻한 빛이 방 안을 채웠다.

가장 먼저 손에 잡힌 책은 가쿠타 미쓰요의 에세이 『무심하게 산다』였다. 중년의 소설가가 노화로 인한 신체적 변화를 겪으며 깨달은 생각을 글로 엮은 책이었다. 작가는 말한다. 세월에 맞서지 않고, 지금의 나와 사이좋게 살아가고 싶다고.

작가의 이 담담한 고백이 20대 후반이었던 내게 거대한 파도처럼 다가왔다. 초라한 내가 싫어서, 남들과 비교하며 나를 학대하느라 잠에도 못 들고 있지 않던 내게 '지금의 나와 사이좋게 지낸다'라는 생각이 새로운 발상으로 다가온 것이다.

또 다른 어느 새벽에 만난 책은 천양희 시인의 시집 『새벽에 생각하다』였다. 제목부터 나를 위한 책이라는 확신이 들어 빌려온 책이었다. 시집에 실린 모든 시가 좋았지만, 사는 법을 배우는 데 너무 늦은 시간은 없다는 뒤표지 글이 제일 마음을 울렸다.

눈 속을 뚫고 피어나는 파설초처럼, 혹독한 겨울을 보내고 있는 내게도 아직 기회가 있다고, 늦지 않았다고 말해주는 것 같았기 때문이다. 엄마에게도 손 뻗지 못하는 새벽의 깊은 고독 속에서, 시인의 문장이 가만히 내 등을 쓸어주는 것 같았다.

마지막으로 기억에 남는 책 중에는 안미란 작가의 『너만의 냄새』라는 책도 있다. 외로운 존재들을 향한 작가의 따뜻한 시선이 담긴 동화책이다. 고양이와 쥐가 친구가 되고 똥개와 총각이 친구가 되는 모습을 보며 '아프고 외로운 존재가 나뿐만은 아니구나. 세상 어딘가에 나처럼 아프고 외로운 존재들이 있고, 우리는 서로를 알아볼 수 있구나'라는 위로를 얻었다. 말이 통하지 않는 동물이나 생명이 없는 사물도 친구가 될 수 있다는 작가의 말이 책을 친구 삼아 위로를 얻고 마음을 나누는 내 모습과 겹쳐 보이기도 했다.

이 외에도 수많은 책이 긴긴밤을 함께해주었다. 그 시절을 떠올려보면, 빨리 잠들어야 한다는 압박감이 오히려 또 다른 스트레스로 다가와 잠을 방해했다. 몸은 피곤한데 불을 끄고 누우면 정신이 또렷해지는 악순환의 연속이었다.

하지만 책을 펼치기 시작하면서부터는 달랐다. 책 속 세계에 몰입하다 보면, 현실의 문제가 가볍게 느껴지면서 다가올 아침에 대한 막연한 두려움도 점점 사라졌다. 어떤 날엔 위로를, 어떤 날엔 용기를 얻었다. 스마트폰을 보다가 억지로 잠이 들면 일어나서도 몸이 찌뿌둥했는데, 책을 읽다 잠든 날이면 꿀맛 같은 잠을 자고 일어날 수 있었다. 눈도 머리도 맑으니 기분도 가뿐했다.

나중에 알게 된 사실이지만, 영국 서섹스대학교의 연구에 따르면 단 6분간의 독서만으로도 스트레스 지수가 68%나 감소한다고 한다. 심박수가 낮아지고 근육의 긴장이 풀리며, 커피를 마시거나 산책을 하는 것보다 더 큰 이완 효과를 준다는 것이다.

과학적인 근거를 몰랐을 때도 내 몸은 이미 알고 있었다. 책은 불안을 잠재우는 가장 강력하고 부작용 없는 수면제라는 사실을.

그날 이후에도 불면의 밤이 찾아오면 일부러 스마트폰은 멀리하고 대신 책을 펼쳤다. 물론 책이 내 현실의 문제를 당장 해결해주지는 않았다. 책을 읽는다고 갑자기 통장 잔고가 늘어나거나 취업이 되지는 않으니까.

하지만 책은 스스로를 갉아먹는 비교의 지옥에서 나를 꺼내주었다. 화려한 타인의 삶을 훔쳐볼 때는 박탈감이 나를 가득 채웠지만, 작가가 지어 올린 단단한 세계 속으로 숨어들 때면 불안 대신 안정감이 나를 가득 채웠다. 그렇게 불면의 시간을 이겨내고 지금에 이르렀다.

혹시 이 순간에도 잠 못 이루고 뒤척이고 있다면, 불안한 마음에 자꾸만 스마트폰을 켜고, 타인의 하이라이트 장면과 나의 비하인드 장면을 비교하며 괴로워하고 있다면, 작은 화면에서 벗어나 머리맡에 놓인 책을 펼쳐보기를 바란다.

어떤 책이든 상관없다. 아주 어렵고 두꺼운 철학 책이어도 좋고, 그림으로 가득한 동화책이어도 좋다. 내일 다시 살아갈 힘과 마음의 여유를 얻을 수 있는 책이면 충분하다. 오늘 밤은 부디, 활자 속에서 평안히 잠들기를 바란다.

잠이 오지 않는 밤이라면, 아주 두껍고 어려운 책에 도전해 보는 것도 도움이 된다. 더 자세한 꿀팁은 다음 페이지의 부록을 참고하자.

'꿀잠'을 위한 침실 독서 루틴

새벽까지 사용하는 스마트폰은 숙면에 독이 됩니다. 오늘 밤은 파란 불빛 대신, 따스한 종이의 감촉을 이불 삼아 덮어보세요. 늦은 밤까지 잠 못 드는 당신을 위한 책여사의 침실 독서법을 소개합니다.

STEP 1 수면 모드 세팅

뇌에게 "이제 잘 시간이야"라고 신호를 보내는 환경을 만듭니다.

1. 따뜻한 간접 조명 켜기

형광등은 끄고, 침대 머리맡 스탠드나 간접 조명만 켜두세요. 조명은 차가운 하얀색보다 따뜻한 주황빛(3,000K 이하)이 멜라토닌 분비를 돕습니다(제사상 양초도, 버섯 조명도 모두 OK!).

2. 스마트폰은 멀리 두기

충전기는 침대에서 손이 닿지 않는 곳이나 거실에 두세요. 정 불안하다면 알람만 맞추고 액정이 바닥을 향하게 뒤집어두세요. 그리고 가능하다면 '방해 금지 모드'를 켜세요.

3. 향기로 이완하기

라벤더나 편백나무 향 같은 필로우 미스트를 베개에 살짝 뿌려보세요. 숲속에서 책을 읽는 듯한 기분이 들면서 긴장이 풀리고 몸이 편안해집니다.

STEP 2　밤의 책 고르기

밤에는 뇌를 깨우는 책이 아니라, 뇌를 토닥이는 책이 필요합니다.

1. 밤에 피해야 할 책

- 자기계발서: "더 열심히 살아!"라며 자꾸 나를 채찍질해서 심장을 뛰게 합니다.
- 추리/스릴러 소설: 범인이 궁금해서 밤을 꼴딱 새우게 만듭니다. (다음 날 출근이 없다면 허용!)
- 주식/경제/재테크: 잃은 돈과 벌어야 할 돈이 생각나 머리가 아파집니다.

2. 밤에 추천하는 책

- 에세이: 타인의 소소한 일상을 읽으며 '나만 힘든 게 아니구나' 공감할 수 있는 책이 좋습니다.
- 시집: 짧은 호흡의 문장들이 여백을 주어 뇌가 쉴 수 있습니다.
- 그림책: 글자보다 그림이 많은 어른을 위한 동화를 추천합니다. 눈이 편안해지는 건 덤입니다.
- 벽돌 책: 어렵고 두꺼운 인문·철학 책은 펼치자마자 5분 안에 기절 가능한 최고의 수면제입니다.

STEP 3 15분 루틴

거창한 목표는 버리세요. 딱 15분만 투자합니다.

1. 먼저 침대에 눕거나 기댑니다. 필요하다면 안경이나 돋보기를 챙겨 주세요.
2. 미리 준비한 '밤의 책'을 펼칩니다.
3. 밑줄을 그어도 좋고, 그냥 눈으로만 훑어도 좋습니다.
4. 15분이 지나기도 전에 눈꺼풀이 무거워진다면? 미련 없이 책을 덮고 스탠드를 끄세요. 완독보다 숙면이 더 큰 성취입니다.
5. 그래도 잠이 안 온다면? 억지로 자려 하지 말고 문장의 맛을 음미하세요.

이 루틴의 목표는 '완독'이 아니라 '꿀잠'이라는 사실을 잊지 마세요. 혹시 책 읽을 시간이 부족해서 잠을 줄여야겠다고 다짐하셨나요? 잠을 줄여서 만든 독서 시간은 오래가지 못합니다. 제대로 읽고 싶다면, 잘 자야 합니다. 꾸벅꾸벅 졸며 읽은 30분, 1시간이 말끔한 정신으로 읽는 10분을 이길 수는 없겠지요.

오늘 하루도 애쓴 당신, 활자 속에서 평안히 잠드시길. 굿 나잇:

사랑하는 사람에게 책 선물하기

엄마는 쉴 줄 모르는 사람이었다. 아니, 쉴 수 없는 사람이었다. 아침 일찍 일어나 밤늦게까지, 손과 발을 잠시도 멈출 수 없었다. 10년 넘게 홀로 생계를 책임지며 두 남매를 키워내야 했던 엄마에게는 작은 휴식도 사치였을 것이다. 엄마가 가만히 앉아 있는 시간은 오직 밥을 먹거나, 일과를 마치고 집으로 돌아와 잠들기 전 잠시 TV 프로그램 《나는 자연인이다》를 볼 때뿐이었다. 밥 먹을 시간도 없이 바쁜 일터에서 급하게 수저를 들었다 놨다 해야 했고, 지쳐 돌아온 집에서 먹는 저녁 끼니는 늘 허술했다.

그런 엄마가 답답하기도 했고, 안쓰럽기도 했다. "엄마, 좀 쉬면서 해"라고 말하고 싶었지만, 쉬고 싶지 않아 쉬지 못하는 게 아닌 걸 알기에 그 말마저도 자주 삼켰다. 내가 도와주지도 못하면서 무책임한 말만 뱉어서 엄마를 속상하게 하는 건 아닐까 걱정스러웠다.

독서에 빠져들고 '책여사'라는 부캐로 활동하면서부터 엄마는 나를 볼 때마다 묘하게 뿌듯한 표정을 지으셨다. "우리 지혜가 어렸을 때부터 책을 참 좋아했지." 실은 내 기억 속 어린 나는 책을 좋아하는 어린이가 아니었다. 아마도 엄마의 기억이 다르게 보정된 모양이었다. 하지만 그 말을 하는 엄마의 눈빛이 너무나 따뜻하고 자랑스러워 보여서, 나는 그저 "그랬지…" 하고 동조할 수밖에 없었다.

책을 통해 위로받고 스스로 단단해지는 경험을 할수록, 그 누구보다 엄마에게 이 세계를 전해주고 싶었다. 하지만 선뜻 책을 선물하기란 쉽지 않았다. 책을 좋아하는 사람이라면 모두 공감할 것이다. 책은 취향을 많이 타는 선물인 데다가 받은 사람이 읽었을 때에야 비로소 그 효용을 발휘하는 선물이다. 그래서 혹시라도 늘 시간에 쫓기던 엄마에게 '책 읽을 여유가 어디 있느냐'는 푸념을 듣게 될까 봐 두렵기도 했다.

결혼 후에는 가끔 엄마 집에 들를 때면 내가 읽고 좋았던 책, 엄마 생각이 나는 책을 슬쩍 가져다 놓기도 했다. 그러던 어느 날, 몇 년 전에 가져다 둔 책 몇 권이 엄마의 서랍 속에 가지런히, 소중하게 보관된 것을 보았다. 펼쳐본 흔적은 없었지만, 왠지 안심이 되었다. 엄마가 비록 책을 읽지는 않았지만, 책을 건 넨 내 마음은 읽어주는 것 같았기 때문이다.

그러던 어느 토요일 저녁이었다. 오랜만에 남편과 분위기 좋은 식당에서 식사를 하던 중이었다. 맛있는 음식, 향긋한 와인을 곁들인 즐거운 대화가 무르익어가던 찰나, 남편의 휴대폰이 울렸다. 엄마였다. 평소 휴대폰을 무음 모드로 해두는 탓에 내가 전화를 받지 않으면 남편에게 전화하곤 했던 엄마라, 자연스럽게 내가 전화를 건네받았다. "어, 엄마. 내가 또 전화를 못 받았네. 왜요?" 그런데 수화기 너머로 들려오는 엄마의 목소리가 평소와 달랐다. 고통을 참는 듯한 신음이 들렸다. 잠시 뒤, 미안한 마음이 한껏 묻어나는 목소리가 들렸다. "지혜야, 어디고…. 여기로 좀 와줘야겠는데….' 엄마가 일터에서 바닥에 미끄러져 넘어지셨다고 했다. 구급차를 타고 병원으로 이동 중이라는 말에, 우리는 먹던 음식을 뒤로하고 허둥지둥 자리를 박차고 일어났다.

병원에 도착하니 엄마는 이미 입원 수속을 마친 상태였다. 허리와 꼬리뼈를 다쳐 꼼짝없이 누워 있어야 한다고 했다. 놀란 가슴을 쓸어내릴 새도 없이, 엄마가 필요한 물건들을 챙겨와달라고 부탁했다. 엄마와 통화하며 속옷과 양말, 수건, 샴푸와 로션 따위를 챙기는 내내 기분이 이상했다. 혼자 산 지 오래인 엄마의 집 구석구석을 허락도 없이 들추어보는 기분이랄까. 엄마도 전화기 너머로 필요한 물건이 있는 위치를 알려주면서 어딘가 부끄러워하는 기색이었다.

짐 가방 한구석에 내가 챙겨 온 책 몇 권을 보탰다. 돋보기를 써야만 겨우 글씨가 보이는 엄마를 위해, 글은 적고 그림은 많은 만만한 책들을 골랐다. 요시타케 신스케의 그림책 『더우면 벗으면 되지』, 『머리는 이렇게 부스스해도』, 『어쩌다 좋은 일이 생길지도』라는 책이었다. "엄마, 심심하면 이거 한번 봐봐. 그림이 재밌어." 병실에 도착해 짐을 풀며 무심한 척 책을 건넸다. 엄마는 "아이고, 귀여워라. 뭐 이런 책이 다 있노"라며 딸의 호의에 반가움을 내비쳤지만, 내가 준 책을 읽은 적이 없던 엄마이기에 큰 기대는 하지 않았다.

그리고 이틀 뒤, 엄마와 통화를 하는데 놀라운 이야기를 들었다. "지혜야, 네가 가져온 그 책, 다 봤다. 어째 엄마한테 딱 맞는 책을 딸이 가져왔네. 글도 별로 없고 아이들 동화책 같은데, 읽다 보니까 이래저래 생각할 거리가 있더라." 아마도 엄마는 돋보기를 쓰고 그림책을 한 장 한 장 넘기며, 귀여운 그림에 웃음을 터뜨리기도 하고, 툭 던지는 짧은 문장에 고개를 끄덕이며 눈물 몇 방울을 흘리기도 했을 것이다.

뿌듯함이 느껴지는 엄마의 목소리가 얼마나 반갑고 고맙던지. 나는 짐짓 쑥스러움을 감추려 농담을 던졌다. "그 책, 사실 엄마 사위가 봐야 하는데. 오빠도 좀 보고 엄마처럼 좋아하면 좋겠다." 엄마는 우리끼리 하는 이야기에 소녀처럼 깔깔 웃으셨다. 그리고 이어진 한마디가 내 가슴을 뛰게 했다. "다음에 올 때 다른 것도 좀 가지고 와봐라." "얼마든지요. 딸이 책 추천하는 게 업인 사람 아니겠습니까."

전화를 끊고 나서 한참 동안 멍하니 앉아 있었다. 그제야 엄마가 오래전에 정기 구독해서 받아보던 월간지 『좋은생각』이 떠올랐다. 왜인지 엄마는 내 이름으로 월간지를 받아보았다. 하굣길에 우체통에서 내 이름 앞으로 온 그 우편물을 꺼내며 자랑스러워했던 기억이 난다. 엄마는 책과 거리가 먼 사람이라고 생각했는데, 나의 오해였다. 엄마는 그저 평생 마음 놓고 책을 펼칠 '시간'이 없었던 것뿐이다. 일터에서 다치고, 병원에 입원해서야 엄마에게도 비로소 여유가 생겼다. 그제야 평생 미뤄둔 '나만을 위한 시간'을 갖고, 고단한 삶을 잠시 내려놓은 채 책이라는 '놀이'를 즐길 수 있었던 게 아닐까.

이슬아 작가의 책 『나는 울 때마다 엄마 얼굴이 된다』에는 이런 구절이 나온다.

나는 돈을 많이 벌면 엄마에게 무엇을 주고 싶은지 생각했다. 가장 주고 싶은 것은 시간이었다. 쉴 시간이 조금 더 생긴다면 엄마는 산책을 자주 하며 지낼 수 있을 것이다. 어쩌면 더 천천히 늙게 될지도 모른다. (…) 엄마가 될 수 있었던 어떤 자신, 그 무수한 가능성들이 다 아까워서 서글펐다.

내가 병실의 엄마에게 건넨 그림책도 엄마에게 잃어버린 시간을, 엄마가 될 수 있었던 '어떤 자신'을 잠시나마 찾아주는 선물이 되어주었을까. 책을 읽는 동안만큼은 엄마는 누군가의 엄마도, 생계를 책임지는 가장도 아닐 수 있었을까. 그저 그림을 보고 "참 재밌네" 하고 감탄할 줄 아는, 감수성 풍부한 한 여자로 돌아갈 수 있었을까.

앞으로도 엄마가 내게 "읽기 쉬운 책, 재밌는 책 없나?" 하고 묻게 되기를 바란다. 퇴원 후 다시 일상으로 돌아간 엄마는 여전히 바쁘다. 하지만 이제는 가끔 딸이 마련해준 안마의자에 앉아 돋보기를 쓰고 딸이 가져다준 동화책이나 필사책을 펼칠 여유를 갖게 되었으면 좋겠다. 내가 책에서 얻게 된 것을 엄마도 얻게 되었으면 좋겠다.

책여사로 살면서 인스타그램을 통해 매일 수많은 사람에게 책을 추천하고 이야기를 나눈다. 알파벳과 숫자로 이루어진 아이디 뒤에 살아 있는 진짜 사람들이 있다는 걸 알면서도, 가끔은 그 사실을 잊곤 한다. 그런데 엄마에게 책을 권하고, 엄마가 그것을 읽고 기뻐하는 모습을 보며 내가 하는 일의 가치를 뼈저리게 느꼈다. 책을 선물한다는 것은 단순히 물건을 건네는 게 아니라 그 사람이 잃어버린 '여유' 그리고 어쩌면 잃은지도 몰랐던 '나'를 찾아주는 일일지도 모른다. "잠시 멈춰도 괜찮아요. 여기 당신을 위한 시간이 있어요"라고 말을 건네는 다정한 초대라고나 할까.

번아웃으로 지친 가족이나 친구에게 "좀 쉬어"라는 말조차 꺼내기 힘들다면, 책을 한 권 선물해보는 건 어떨까. 부담 없이 읽을 수 있는 얇은 에세이나 그림책을 추천한다. 너무 늦기 전에 소중한 그들에게 쉼표를 선물해보자. 그 책 한 권이 그들의 고단한 어깨를 잠시나마 안아줄지도 모른다. 무엇보다, 그들에게 당신의 따뜻한 마음을 읽을 시간을 선물해줄 것이다.

사랑하는 사람에게 어떤 책을 선물하면 좋을까? 딱 한 사람을 떠올려보자. 그 사람의 취향, 상황에 어떤 책이 맞을지 상상하는 것만으로도 즐거워진다.

숙성 독서의
기쁨과
슬픔

우리 집에는 '책 납골당'이 있다. 독서 모임 멤버들끼리 자조 섞인 농담으로 깔깔거리며 주고받던 말인데, 사놓고 읽지 않은 책들을 고이 모셔둔 곳, 죽은 듯 잠들어 있는 책들의 무덤을 일컫는다. 남편은 잠시 눈을 감아주길 바란다. 나의 책 납골당 규모는… 당신이 상상하는 것 이상이다. 굳이 몇 권인지, 그게 돈으로 환산하면 얼마인지는 우리 부부의 평화를 위해 영원히 비밀에 부쳐두고 싶다.

분명 서점에서는 반짝반짝 빛나 보이던 책들이, 왜 우리 집에만 오면 먼지 쌓인 인테리어 소품으로 전락하는 걸까? 개중에는 큰맘 먹고 산, 소위 '벽돌 책'이라 불리는 두꺼운 인문학 서적도 있다. 인문학의 뜻도 제대로 모르던 시절, 남들이 다 좋다고 하길래 이걸 읽으면 나도 좀 지적인 사람이 될까 싶어서 샀던 것들이지만, 결과는 아시다시피….

독서를 처음 시작하고 한동안은 '허세 독서'에 빠져 있었다 (지금도 없다고는 말 못 하니, 주의 요망). 유발 하라리의『사피엔스』, 귀스타브 플로베르의『마담 보바리』, 사르트르의『문학이란 무엇인가』. 제목만 들어도 지적 허영심이 차오르는 이 책들을 옆구리에 끼고 카페에 갔다. 커피 한 잔 시켜놓고 책을 테이블 위에 무심한 듯 툭 올려둔 뒤, 표지가 잘 보이게 사진을 먼저 찍는다.

SNS에 올릴 사진은 건졌으니 이제 읽어볼까 싶어 책을 펼쳤는데, 웬걸. 제대로 읽히는 책이 없었다.『마담 보바리』는 줄거리만 들었을 땐 자극적이고 술술 넘어가는 치정극일 줄 알았다. 꽤 두껍지만 재미있게 읽을 수 있을 거라 착각했다. 그런데 내 눈에는 도무지 자극점을 찾을 수 없는 지루한 묘사들뿐이었다(몇 년이 흐른 지금 다시 읽어보면 다르려나?).

사르트르의 책은 더 심각했다. 분명 한글로 쓰여 있는데, 내 눈에는 외계어처럼 보였다. 검은 건 글씨요, 하얀 건 종이로다…. 문장과 문장 사이에서 길을 잃고 헤매다 결국 30페이지를 넘기지 못하고 덮어버렸다. 나중에야 그 책이 고전 중에서도 난해하기로 악명 높은 책이라는 걸 알고 얼마나 안도했는지 모른다(휴, 나만 이해 못 한 게 아니었어). 결국 그 책들은 허세

가 낳은 비싼 라면 냄비 받침대가 되었다. '이러다가 냄비 받침으로 책장이 가득해지는 거 아니야…?'

인터넷 서점은 더 큰 실패의 현장이었다. "N만 원 이상 구매 시 무료 배송, 굿즈를 바로 받을 수 있는 포인트 선지급!" 광고 문구에 홀려 배송비를 아끼겠다며 급하게 고른 책으로 최소 금액을 채우곤 했다. 택배 상자를 뜯는 순간의 설렘도 딱 거기까지. 굿즈를 사니 책이 딸려 왔다는 농담처럼, 억지로 끼워 넣은 책들은 결국 읽히지 못하고 책 납골당으로 직행했다. 독서 10년 차인 지금은 안 그럴 것 같은가? 천만의 말씀. 나도 인간인지라 아직도 종종 이 '지름신'의 덫에 걸려 허우적댄다. 허세 독서와 물욕에 과연 끝이 있을까 싶기도 하다.

사기 전에는 분명히 나를 흥분시켰던 책들인데, 막상 내 것이 되고 나면 그 뜨거웠던 설렘이 식어버리기 일쑤다. 잡은 물고기에는 미끼를 주지 않는다더니, 책과 밀당이라도 하려는 걸까? 그렇게 잡힌 물고기 신세가 되어버린 안쓰러운 책들은 책장에서 기약 없는 숙성의 시간을 거친다.

한 달에 책을 몇 권이나 사는지, 한 달 도서 구매 비용이 얼마나 되는지 많은 분이 궁금해하시는데, 사실 나조차 정확히는 모른다. 당장 확인할 수 있는 지표는 온라인 서점의 회원 등급이 언젠가부터 최고 등급을 유지하고 있다는 점과 오프라인 서점에 갈 때마다 참새가 방앗간 못 지나치듯 꼭 한두 권은 사고야 만다는 점 정도다. 남편은 종종 내가 답하지 못할 질문을 한다. "안 읽은 책 많다고 하지 않았나?", "올해는 진짜 그만 산 다고 했던 것 같은데…?" 그럴 때마다 짐짓 당당한 척 대꾸한 다. "아니, 내가 명품을 맨날 사들이는 것도 아니고, 빚져서 사 는 것도 아닌데! 이 정도도 못 해?" 그러면서도 속으로는 찔린 다. 과연 죽기 전에 저 책들을 다 읽을 수 있을까.

새 책을 살 때면 남편에게 이벤트로 받은 책이라며 능청맞 게 거짓말을 하기도 했다. 또 그 방법이 통하지 않을 때는 남편 보다 빠르게 집에 도착해 상자를 뜯고, 읽지 않은 책들 사이에 새 책을 숨겨두기도 했다. 독서를 좋아하는 아내를 둔 남편들 이여(그 반대의 경우도), 수상한 택배 상자는 그냥 좀 눈감아주 자. 그 눈감음은 사랑으로 보답받을 것이니….

그리고 책을 사랑하는 이들이여, 우리 더 이상 안 읽은 책 때 문에 죄책감을 느끼지 말자. 좀 뻔뻔해지자. 집에서는 눈치를 보며 상자를 뜯는 신세지만, 우리야말로 출판계의 빛과 소금 이란 걸 잊지 말자. 우리가 없으면 안 그래도 불황인 대한민국 출판계는 더욱 어려워질 것이다. 사명을 다한다는 마음으로 결제 버튼을 누르자. 책이 꼭 읽어야만 맛인가? 구매해 가지고 있는 것만으로도 나는 배가 부르다!

글을 쓰는 것이 종종 요리에 비유되듯, 독서 또한 요리와 비 슷한 점이 많다. 원재료가 신선할 때 만들어야 좋은 요리가 있는가 하면, 숙성회처럼 시간을 들여야 깊은 맛을 내는 것도 있다. 짧게는 며칠, 길게는 몇 년의 기다림 끝에 책장에 꽂혀 있던 책이 어느 날 갑자기 눈길을 사로잡는 순간이 온다. 그때 비로소 그 책은 나의 간택을 받는다.

책을 사서 당장 읽는 것도 좋지만, 숙성 독서의 맛은 또 다르다. 썩기 직전의 고기가 제일 맛있다는 말도 있지 않던가(비건 독자들께는 죄송하지만 이만큼 딱 떨어지는 비유를 나는 알지 못한다). 신묘하게도 책장에서 숙성되어 간택된 책 치고 재미없는 책을 못 봤다. 어쩌면 그 책은 내가 자신을 읽어줄, 내 마음이 그 이야기를 받아들일 준비가 된 가장 완벽한 타이밍을 기다리며 책장에서 숨죽이고 있었을지도 모른다.

김영하 작가님은 말했다. "읽을 책을 사는 게 아니라, 산 책 중에 읽는 것이다." 이 얼마나 명쾌한 면죄부인가! 서점이라는 거대한 바다에서 내 취향의 물고기를 잡아 우리 집 수족관(책장)에 넣어두는 것. 그리고 시간이 날 때마다 수족관을 들여다보며 오늘은 어떤 녀석을 맛볼까 행복한 고민을 하는 것. 그것이 바로 애서가의 기쁨이다.

그러니 혹시 침대 머리맡에, 책상 위에 읽다 만 책들이 탑처럼 쌓여 있다고 해서 괴로워하지 마시라. 그 책 탑은 게으름의 증거가 아니라, 언제든 책을 펼칠 준비가 되어 있다는 스탠바이 신호다. 운동을 습관으로 만들려면 운동복을 꺼내두어야 하듯, 독서를 습관으로 만들려면 일단 책을 사서 눈앞에 쌓아 두어야 한다.

책장에 차곡차곡 쌓여 숙성 중인 책들을 뒤로한 채, 나는 오늘도 책을 산다. 이 소비는 낭비가 아니다, 아니다, 아니어야 해…! 언젠가 이 책을 읽을 여유로운 미래의 나를, 그리고 그 미래의 내가 언제든 책을 펼칠 수 있는 근사한 환경을 선물하는 중이라고 암시를 걸어본다.

장바구니에만 담아놓은 책, 미뤄둔 책을 오늘 사보자. 읽지 않아도 괜찮다. 책장 속에서 숙성된 그 책은 언젠가 또 다른 맛을 내줄 테니까.

독서
대식가에서
미식가로

내 인스타그램 피드에는 매월 말이면 어김없이 올라오는 고정 콘텐츠가 있다. 바로 그달에 읽은 책을 탑처럼 쌓아 올린 '이달의 책 탑' 인증샷이다. 사실 나는 꼼꼼한 기록자가 못 된다. 글로 구구절절 기록하는 것보다 사진 한 장 '찰칵' 남기는 것이 훨씬 편한 나는 언젠가부터 훅 늘어난 독서량을 기록하는 용도로 매월 '책 탑' 사진을 찍기 시작했다. 아마 한 달에 일고여덟 권 정도 완독하게 되었을 때가 그 시작이었을 것이다.

　가끔은 주객이 전도되어 책 탑을 더 높게 쌓기 위해 월말에 독서 스퍼트를 올릴 만큼 그 일이 재미있고 뿌듯했다. '아니, 내가 책을 이렇게나 많이 읽다니!' 하는 자기 만족은 물론이고 SNS에 자랑하기 이보다 더 좋은 소재가 어디 있단 말인가. 명품 가방 자랑보다 가슴이 웅장해지는 매월의 책 탑 자랑. 책 탑 사진을 올리면 댓글 반응도 늘 뜨겁다. "대단해요, 멋있어요!" 이런 황송한 칭찬이라니. 사회생활 하면서 밥벌이로 칭찬 듣기 어렵다는 거 다들 아실 테다. 내 지적 허영과 마음의 헛헛함을 채워주신 고마운 댓글들이여! 어쩌면 나는 이 댓글의 힘으로 책을 읽어왔는지도 모르겠다. 칭찬은 고래만 춤추게 하는 게 아니다.

지난 2년을 돌아보면 한 달에 평균 열두 권 정도의 책을 읽어왔는데, 그 사실을 접하고 누구보다 놀라는 사람은 바로 나 자신이다. 생각할수록 기가 막힌 독서량이다. 단순히 '12'라는 숫자가 크기 때문이 아니라, 불과 10년 전만 해도 한 달은커녕 일 년에 단 한 권의 책도 읽지 않았다는 것을 누구보다 잘 알기 때문이다. 한 달 평균 12권, 1년에 150권가량의 책을 읽게 되었다니, 정말이지 오래 살고 볼 일이다. 최근 한 기자분과 인터뷰를 진행했는데 "요즘 유행하는 '텍스트 힙Text Hip', 보여주기식 독서 어떻게 생각하시느냐"라는 질문에 나는 1초의 망설임도 없이 "무조건 환영입니다"라고 답했다. "보여주기식 독서가 낳은 괴물, 그게 바로 저거든요."

그런데 요즘 나의 '책 탑'에 조금 변화가 생겼다. 솔직히 고백하자면, 지난 몇 년간 나는 책을 먹어치우는 '활자 포식자', 아니 '활자 파이터' 같았다. 150권이라는 숫자가 주는 성취감에 취해 책 탑을 천장 높은 줄 모르고 쌓아 올렸다. 물론 그때도 허투루 먹지는 않았다. 아무리 빨리 읽어도 손에는 항상 연필이 들려 있었다. 좋은 문장에는 꾹꾹 밑줄을 그었고, 여백에 내 생각과 질문을 적어 넣는 것도 잊지 않았다. 나름대로는 책을 '꼭꼭 씹어 먹고 있다'고 자부했다.

하지만 문제는 책을 덮고 난 뒤였다. 한 권을 끝냈다는 뿌듯함도 잠시, 곧바로 '다음 접시'를 비우기 위해 달리기 바빴다. 그러다 보니 책을 읽는 순간에 느꼈던 그 깊은 울림과 반짝이는 생각들이, 미처 내 안에 소화되기도 전에 증발해버렸다. 분명 읽을 땐 전율했는데, 일주일만 지나면 "그 책 참 좋았지"라는 감상만 껍데기처럼 남고 알맹이는 희미해졌다. 밑줄은 그었지만, 그 문장이 내 삶에 스며들 '숙성 시간'은 주지 않았다. 마치 맛있는 음식을 씹기도 전에 꿀꺽 삼키느라, 정작 그 깊은 풍미는 놓쳐버린 푸드 파이터처럼.

그래서 나는 이제 '미식가'로 전향하기로 했다. 비록 책 탑의 높이는 좀 낮아지더라도, 책 한 권을 다 읽고 나면 바로 다음 책을 집어 드는 대신 잠시 멈춰 서기로 한 것이다. 밑줄 그은 문장들을 다시 필사하며 책 본연의 맛을 제대로 음미하고, 창밖을 멍하니 바라보며 책이 던진 질문을 내 삶에 비추어보는 '멍 때리기' 시간을 갖는다. 그렇게 뜸을 들이고 소화한 책은 내 마음속에 훨씬 더 깊고 단단한 나이테를 남긴다는 것을 요즘 어렴풋이 체감하고 있다.

여전히 책을 많이 산다. 그리고 여전히 책 탑을 쌓는다. 하지만 이제 그 탑은 과시의 탑이 아니라, 내 내면으로 깊숙이 들어가기 위한 '다이빙대'다. 처음에는 보여주기 위해, 숫자를 채우기 위해 시작해도 괜찮다고 생각한다. 그 치열했던 '활자 파이터'의 시간이 있었기에 속도를 조절할 줄 아는 '미식가'의 근육을 얻었으니까.

여러분이 아직 독서 소식가라면 책 탑을 먼저 쌓아보기를 추천한다. 그 탑이 언젠가는 높이보다 깊이를 고민하는 독서 미식가의 길로 당신을 안내할 것이다.

한 달간 읽은 책을 모아 책 탑을 쌓아보자. 높이는 중요하지 않다. 그 책을 읽으며 한 달간 어떤 생각을 하고 어떤 감동을 받았는지 잠시 생각해보자.

이왕이면

같이 읽는 게

좋잖아요?

'독서'라고 하면 어떤 이미지가 떠오르는가? 아마 십중팔구는 비슷한 그림을 그릴 것이다. 고요한 도서관, 은은한 조명, 안경을 쓰고 차분히 책장을 넘기는 사람…. 조금 더 솔직해지자면 '지루함'이나 '고리타분함' 같은 단어를 떠올릴지도 모른다. 독서와 아직 친하지 않은 사람에게 책이나 독서는 왠지 범접하기 힘든 '그들만의 리그'처럼 느껴지기도 할 것이다.

그런데 내 인스타그램 프로필에는 오랫동안 이런 슬로건이 적혀 있었다. "기쁨 충만한 일상, 책 하나면 됩니다. 진짜! 우리의 독서가 쉽고 즐겁고 풍성하기를!" 내가 세상에 외치고 싶은 독서의 이미지가 바로 이것이다. 고요하고 정적인 이미지와는 거리가 멀다. 슬로건부터 왠지 왁자지껄하고 신나는 느낌이 들지 않는가? 독서는 골방에 갇혀 혼자 하는 수양이 아니다. 누구나 쉽게 시작할 수 있고, 즐겁게 떠들 수 있으며, 함께 나눌 때 비로소 완성되는 축제다. 물론 나도 처음부터 이렇게 생각했던 것은 아니다. 독서에 입문했을 무렵, 나는 철저히 혼자였다. 책을 고르는 기준도 없었고, 이해되지 않는 문장을 만나도 '읽다 보면 나아지겠지' 하고 꾸역꾸역 페이지를 넘겼다. 그때의 독서는 내겐 외로운 싸움이었다.

오랜 독서 생활에 지각 변동이 일어난 건, 우연히 참여한 독서 모임 덕분이었다. 처음 모임에 나가던 날의 떨림은 아직도 생생하다. '내가 헛소리를 하면 어쩌지?', '나만 이해 못 한 거면 어떡하지?' 걱정을 한가득 안고 참석했지만, 그곳에서 내 세계가 도끼로 깨어지는 듯한 짜릿한 충격을 경험했다.

가장 기억에 남는 순간은 가와바타 야스나리의 소설 『설국』을 같이 읽었을 때였다. 나는 이 책을 읽으며 황홀경에 빠졌었다. 서사보다는 문장 하나하나가 주는 차갑고도 서정적인 분위기, 마치 한 편의 긴 시를 읽는 듯한 감각적인 묘사에 완전히 매료되었다. 당연히 다른 멤버들도 나와 같은 감동을 느꼈으리라 확신하며 모임에 나갔다. 그런데 웬걸, 분위기는 내 예상과 정반대로 흘러갔다. "저는 솔직히 너무 지루해서 혼났어요." "도대체 무슨 이야기를 하려는 건지 모르겠더라고요. 기승전결도 없고, 주인공 남자는 너무 무기력하고…. 읽는 내내 졸려서 허벅지를 꼬집어야 했습니다.”

　혹평에 가까운 의견이 쏟아져 나왔다. 머리를 한 대 얻어맞은 기분이었다. ‘아니, 어떻게 이 아름다운 문장을 보고 지루하다고 할 수 있지?’ 처음엔 당혹스러웠지만, 그들의 이야기를 가만히 듣다 보니 고개가 끄덕여졌다. 나는 소설에서 느껴지는 ‘감각(이미지)’을 중요하게 여겼는데, 누군가는 ‘서사(스토리)’를 더 중요하게 여겼던 것이다. 누군가에게는 『설국』이 알맹이 없는 예쁜 껍데기일 수도 있다는 사실이 그제야 이해가 갔다. 내가 틀린 것도, 그들이 틀린 것도 아니었다. 그저 우리가 다를 뿐이었다.

　혼자 읽었다면 나는 평생 『설국』을 ‘완벽한 명작’으로만 기억했을 것이다. 하지만 같이 읽음으로써 ‘누군가에게는 지루할 수 있는 책’이라는 입체적인 시각을 덤으로 얻게 되었다. 나의 좁은 취향과 편견이 와장창 부서지는 소리는 독서 모임에서만 들을 수 있는 가장 아름다운 소음이었다.

　이뿐만이 아니다. 혼자라면 절대 읽지 않았을 벽돌 책이나 난해한 고전 소설을 읽을 때도 ‘같이’의 힘은 빛을 발한다. “이 부분이 너무 어려워서 포기할 뻔했어요”라고 솔직하게 고백하면, 독서 내공이 깊은 멤버가 구원투수처럼 등판한다. “아, 지혜 님. 이 부분은 당시 시대 상황을 알고 읽으면 훨씬 재밌어요. 저자가 사실 이런 배경에서 쓴 거거든요.” 그 한마디에 꽉 막혀 있던 혈이 뚫리는 기분이란! 혼자 끙끙대며 읽을 땐 1차 원적인 활자에 불과했던 것들이, 고수들의 도움을 받자 3차원 의 생생한 이야기로 살아났다.

이렇게 다양한 생각과 시선이 오가는 독서 모임에 있다 보면, 장 폴 사르트르의 유명한 명언을 다시 생각하게 된다. "타인은 지옥이다." 사르트르는 타인의 시선에 갇혀 나를 잃어버릴 때 세상이 지옥이 된다고 말했다. 하지만 독서 모임에서만큼은 타인이 지옥이 아니라 '천국'이다. 이곳에는 나이나 직업, 성별이 각기 다른 사람들이 모인다. 평소라면 마주칠 일 없는 대기업 부장님과 취업 준비생이, 아이를 키우는 주부와 은퇴한 노신사가 '책'이라는 공통분모 하나로 평등하게 둘러앉는다. 사회적 지위나 배경을 떼고 오직 '생각'과 '감정'만으로 연결되는 경험, 서로의 다름을 비난하지 않고 "아, 그렇게 생각할 수도 있군요"라며 존중하는 태도, 타인의 시선까지 기꺼이 품어 안는 관용이 한데 합쳐질 때, 이곳은 우리가 함께 만든 '천국'이 된다.

독서 모임에 꾸준히 참여하다 보니 어느 순간 '나도 나만의 독서 모임을 만들고 싶다!'라는 욕망이 꿈틀댔다. 내가 좋아하는 책을 선정해서, 내가 좋아하는 방식으로 수다를 떨어보고 싶다는 작은 소망이 생긴 것이다. 하지만 막상 '운영자'가 되려고 하니 덜컥 겁이 났다. '내가 모임을 열었는데 아무도 신청

안 하면 부끄러워서 어쩌지?' 게시물 올리기 직전까지 손을 벌벌 떨며 '그냥 하지 말까?' 하는 악마의 속삭임과 싸웠다. 하지만 이미 결심한 일, 눈 딱 감고 모집 공고를 올렸다. 그것이 최근까지 운영했던 '댄싱북클럽'의 시조 격인 '윤독윤독'의 시작이었다.

걱정이 무색하게, 첫 독서 모임 모집에 세 명의 책 친구들이 손을 들어주었다. 그때부터 지금까지 오랜 시간을 함께해준 든든한 책 친구들 덕분에 나는 매 기수 행복한 비명을 질렀다. 우리는 한 달 동안 정해진 책을 읽고, 매일 인증을 하고, 마지막엔 온라인으로 만나 밤늦도록 수다를 떨었다. 때로는 책 이야기보다 사는 이야기가 더 길어질 때도 있었다. 책을 매개로 서로의 가장 아픈 상처나 고민을 나누다 보면, 어느새 참가자 개개인의 합을 넘어 끈끈한 '우리'가 되곤 했다. "책여사 님 덕분에 책 읽는 재미를 알았어요." "댄북님들 덕분에 우울증을 이겨냈어요." 이런 후기를 들을 때면 내가 세상에서 가장 잘한 일 중 하나가 용기 내어 독서 모임을 시작하고 책 친구를 만든 일이라고 확신한다.

독서 모임에 관심이 생겼다면, 어떤 모임이든 좋으니 일단 나가보시라고 권하고 싶다. 요즘 독서 모임은 그야말로 뷔페처럼 다양하다. 퇴근 후 맥주 한잔과 함께하는 모임, 한강을 달리며 책을 읽는 모임, 화상회의 플랫폼인 줌Zoom으로 만나는 온라인 챌린지 등 당신의 취향에 맞는 곳이 분명 하나쯤은 있다. "I(내향형)라서 사람들 만나는 게 기 빨려요." 걱정 마시라. 책 읽는 사람치고 나쁜 사람 없다는 말, 그거 진짜다.

뭐든지 시작이 가장 어렵다. 하지만 시작하는 것만으로도 이미 계단 하나를 밟고 올라선 셈이다. 망설이지 말고, 마음에 스친 그 작은 호기심을 따라가보자. 한 권의 책을 사이에 두고 나눈 이야기들이, 어느새 내 삶을 다정하게 바꿔놓고 있는 걸 발견하게 되기를 간절히 바란다. 혼자 읽으면 10의 기쁨을 얻지만, 함께 읽으면 100의 기쁨과 10,000의 성장을 얻는다. 이왕이면, 같이 읽는 게 훨씬 좋지 않은가?

우리 집 주변에 어떤 독서 모임이 있는지 알아보자. 마음에 드는 모임이 없다면, 여러분이 먼저 시작해보면 어떨까?

독서 모임에서 '쭈글이'가 되지 않는 방법

새로운 세계로 들어가는 문은 언제나 무겁다. 특히 그 문 너머에 '책'과 '낯선 사람들'이 기다리고 있다면, 그 무게감은 배가 된다. 오프라인 독서 모임에 처음 나가던 날, 내 심정이 딱 그랬다.

내가 처음으로 독서 모임에 참여한 시기는 20대 중반, 아르바이트와 취업 준비를 병행하며 미래에 대한 불안으로 덜덜 떨던 시절이었다. 인스타그램을 하다가 우연히 발견한 모집 공고가 눈을 사로잡았다. "광안리 바닷가, 와인과 함께하는 책 모임." '와인'이라는 고급스러운 단어와 '광안리'라는 장소가 주는 묘한 해방감이 마음에 들었다. 지정 도서를 빡빡하게 읽고 토론하는 게 아니라, 각자 읽은 책을 가볍게 소개하는 자리라는 점도 좋았다. "그래, 책 이야기만 너무 진지하게 하는 학술적인 분위기는 아닐 거야. 술도 한잔 준다잖아?" 나는 홀린 듯 신청 버튼을 눌렀다.

하지만 막상 모임 당일이 되자, 설렘은 걱정으로 돌변했다. '뭘 입고 가야 하지? 너무 차려입으면 민망하지 않을까? 그렇다고 후줄근하게 갔다가는 무시당하는 거 아니야?' 옷장 앞에서 패션쇼를 벌이다 결국 가장 무난한 청바지에 후드티를 걸쳐 입고 집을 나섰다. 그런데 목적지에 가까워질수록 또 다른 걱정이 밀려왔다. 모임 장소가 상가 건물이 아니라 일반 '오피스텔'이었기 때문이다. 엘리베이터를 타고 올라가면서 머릿속엔 온갖 범죄 영화의 시나리오가 펼쳐졌다. '세상에, 낯선 오피스텔이라니. 갔다가 장기라도 털리는 거 아니야? 문 열었는데 사이비 종교 집단이면 어떡하지?' 뚜벅뚜벅 복도를 걷는 내 발걸음은 도살장 끌려가는 소처럼 무거웠다.

띵동. 떨리는 손으로 초인종을 눌렀다. "안녕하세요! 어서 오세요~!" 문이 열리자마자 모임장님이 환한 미소로 반겨주었다. 대낮인데도 실내는 어둑어둑했고, 낮은 조도의 조명이 비치는 가운데 곳곳에 켜진 촛불들이 일렁이고 있었다. '어머, 분위기가 너무… 본격적인데?'

신발을 벗고 안으로 들어서 사람들과 인사를 나누다 보니 금세 깨달았다. 조명과 촛불은 나처럼 쑥스러움이 많은 초보자들을 위한 운영자의 사려 깊은 배려였다. 만약 형광등 불빛이 우리를 쨍하게 비추고 있었다면, 서로의 어색한 표정과 떨리는 동공이 적나라하게 보여 숨이 막혔을지도 모른다. 어둠은 포근하게 긴장을 감싸주었고, 와인 잔 부딪히는 소리가 얼어붙은 혀를 녹여주었다. 모임장님의 편안한 진행에 따라 돌아가며 자기소개를 하고, 책 이야기를 조금씩 나누다 보니 어느새 긴장이 풀리고 웃음꽃이 피기 시작했다.

많은 사람이 독서 모임을 '시험장'으로 오해한다. 나도 처음에는 읽은 책의 내용을 완벽하게 요약해야 할 것 같고, 남들이 모르는 심오한 통찰을 내놓아야 할 것 같은 압박감에 입도 뻥긋 못 하고 '쭈글이'가 되어 돌아오는 상상을 하곤 했다. 하지만 오랜 시간 참여자와 운영자로 수많은 모임을 거치면서 독서 모임은 지식을 자랑하러 오는 곳이 아니라, 마음을 나누러 오는 곳이라는 사실을 점차 깨닫게 되었다.

물론 모임에는 해박한 지식을 가진 분들도 있다. 작가의 비하인드 스토리부터 시대적 배경까지 술술 풀어내는 분들을 보면 존경스럽고 반갑다. 그분들 덕분에 대화가 더욱 풍성해진다. 하지만 그것이 '나눔'이 아니라 '자랑'이 되는 순간, 분위기는 오히려 싸늘하게 식는다. 내가 운영자로서 지켜본 결과, 멤버들에게 가장 사랑받는 사람은 유식한 사람이 아니었다. "저이 책 읽고 지하철에서 펑펑 울었잖아요." "주인공이 너무 답답해서 책 던질 뻔했어요." 이렇게 감정을 솔직하게, 인간적으로 말하는 사람에게 사람들은 오히려 반한다. 지식은 머리를 채워주지만, 감정은 마음을 채워주기 때문이다.

그럼에도 막상 내 차례가 되면 머리가 하얘지는 분들을 위해, 말문이 막힐 때 쓰는 세 가지 치트키를 공개한다.

솔직함이 최고의 무기다

책의 내용을 소화하지 못해서 무슨 말을 해야 할지 모르겠다면, 모른다는 사실을 솔직하게 고백해라. "사실 이 책, 저한테는 너무 어려웠어요. 무슨 말인지 하나도 모르겠더라고요." 이 한마디를 뱉는 순간, 마법 같은 일이 벌어진다. 주변에서 "어머, 저도요!" "나만 그런 게 아니었네!" 하며 격한 공감의 탄성이 터져 나온다. 당신의 솔직한 고백이 다른 사람들의 긴장까지 풀어주는 것이다. 모르는 것은 죄가 아니다. 오히려 당신의 고백이 분위기를 녹이는 용매가 될 수 있다.

텍스트의 힘을 빌려라

말이 꼬일 것 같을 때는 '텍스트'의 힘을 빌리는 방법도 있다. 감상평을 멋지게 말하려다 횡설수설할 것 같다면, 책을 펼쳐라. 그리고 밑줄 그은 문장 하나를 소리 내어 읽어라. "저는 다 모르겠고, 딱 이 문장이 좋았어요. 읽어드릴게요." 작가의 문장을 낭독하는 것만으로도 당신의 발언권은 충분히 채워진다. 좋은 문장은 그 자체로 완벽한 스피치다. 여기에 이 문장이 왜 좋았는지만 짧게 덧붙인다면, 더욱 훌륭하다.

내 경험을 말하라

분석하려 하지 마라. 내 경험을 섞어라. 책 내용을 분석하려 들면 논문이 되지만, 내 삶을 섞으면 에세이가 된다. "이 책에 나오는 꼰대 상사를 보니까, 제가 신입 때 만난 김 부장님이 생각나더라고요." 이렇게 책과 관련된 에피소드를 곁들여보자. 사람들은 책의 내용보다 당신의 '김 부장님' 이야기에 더 귀를 기울일 것이다.

사실 나도 여전히 모임에 가면 횡설수설한다. 운영자인 책 여사가 얼마나 두서없이 말하는지 '댄싱북클럽' 멤버들은 다 아실 거다. 독서 초보 시절에는 그게 너무 부끄러워 이불 킥을 날리기도 했지만, 지금은 생각이 바뀌었다. 운영자인 내가 완벽하게 말하면 멤버들이 얼마나 부담스럽겠는가? "아유, 운영자도 저렇게 버벅대는데 나 정도면 훌륭하지." 나의 횡설수설이 멤버들의 입을 트게 하는 거름이 된다면, 나는 기꺼이 횡설수설하는 풍수가 되기로 했다(너무 뻔뻔한가?). 정 불안하다면, 모임 전에 다시 한번 책을 훑어보고 하고 싶은 말을 메모장에 딱 세 줄만 적어가는 것도 좋은 방법이다.

사실 독서모임에서 말하기보다 더 중요한 것이 있다. 바로 '경청하는 태도'다. 운영자로서 "아, 이 멤버 진짜 사랑스럽다. 다음 기수에도 꼭 함께하고 싶다"라고 느끼게 만드는 분들은 늘 경청을 잘하는 사람들이었다. 경청이 최고의 대화법이라는 말도 있지 않은가. 말을 청산유수처럼 하는 사람보다 남이 말할 때 눈을 맞추고 고개를 끄덕여주는 사람이 훨씬 빛난다. "아, 정말요? 저도 그렇게 생각해요." "와, ○○님 말씀 들으니까 그 부분이 다르게 보이네요." 이런 다정한 추임새와 진심 어린 반응은 말하는 사람을 춤추게 한다.

그러니 멋진 말을 남겨야 한다는 강박은 내려놓자. 온라인도 오프라인도 좋으니 용기 내어 독서 모임의 문을 열어보자. 어둑한 조명 아래, 당신의 서툰 이야기를 가장 다정하게 들어줄 친구들이 와인 잔을 채우며 기다리고 있을지도 모른다.

독서 모임에 참여하기 전, 하고 싶은 말을 딱 세 줄만 정리해 커닝 노트를 만들어보자.

실패 없는 독서 모임 200% 활용 팁

"저도 독서 모임에 참여해보고 싶은데 겁이 나요." "가서 말 한마디도 못 하고 올까 봐 걱정돼요."

인스타그램 DM으로 많이 받는 질문 중 하나입니다. 책을 좋아하는 사람이라면 누구나 한 번쯤 '함께 읽기'를 꿈꾸지요. 하지만 막상 신청 버튼을 누르려면 망설여집니다. 낯선 사람들 틈에서 내 부족한 독서력이 들통나지는 않을까 혹은 나와 결이 맞지 않는 사람들 틈에서 시간만 낭비하는 건 아닐까 하는 걱정 때문입니다.

지난 10년간 운영자로, 때로는 참여자로 여러 독서 모임을 거쳤습니다. 평생의 친구를 만난 모임도 있었지만, 첫날 "환불해주세요"를 외치고 싶은 모임도 있었습니다. 그 경험을 통해 얻은 결론은 하나입니다. '좋은 모임'이 있는 게 아니라, '나에게 맞는 모임'이 있다는 것입니다.

마치 연애와 같다고나 할까요. 나를 먼저 알아야 실패 확률을 줄일 수 있습니다.

이제 막 독서 모임이라는 신세계에 발을 들이려는 당신을 위해, 책여사의 오답 노트에서 건져 올린 실전 가이드를 공개합니다.

> STEP 1 **내 성향에 맞는 모임 찾기**

독서 모임이라고 다 같은 모임이 아닙니다. 성향과 목적에 따라 선택지는 무궁무진합니다. 여기에서는 가장 대표적인 세 가지 유형과, 요즘 트렌드인 이색 모임 두 가지를 소개합니다. 현재 나에게 가장 필요한 곳은 어디인지 꼼꼼히 따져 골라보세요.

1. "완독이 목표야" → 인증형 강제성 모임

주로 카카오톡이나 밴드, 앱 등 온라인 플랫폼에서 진행됩니다. 깊은 대화보다는 '매일 30페이지 읽기', '기상 미션' 등 책을 읽는 것 자체가 목적입니다. 따라서 책을 사놓고 표지만 닦고 있는 사람, 의지가 약해 강제적인 시스템이 필요한 사람에게 추천하는 모임 형태입니다. 시간과 장소에 구애받지 않는다는 장점이 있어 사람을 대하는 것이 어려운 내향인에게 딱 좋습니다. 대화가 없어 다소 건조할 수 있지만 각자의 방에서 불을 켜고 책을 읽는 타인의 존재를 확인하는 것만으로도, 외롭지 않게 책장을 넘길 힘을 얻게 될 것입니다.

2. "수다와 위로가 필요해" → 취향 공유형 살롱

책은 거들 뿐, 사람 사는 이야기가 메인인 모임 형태입니다. 에세이나 소설 등 가벼운 책을 주로 읽으며, 내용을 분석하기보다는 감상과 경험을 나누는 비중이 7할 이상이지요. 이야기를 들어줄 대나무 숲이 필요한 사람, 책을 매개로 타인의 다양한 삶을 엿보고 싶은 사람에게 추천합니다. 빠르게 친해질 수 있어서 취향이 비슷한 '진짜 책 친구'를 사귀기에 가장 좋습니다. 단점으로는 자기 이야기만 늘어놓는 사람을 만날 수도 있습니다. 하지만 그 '투머치 토커'가 때로는 고마운 아이스 브레이커가 되기도 합니다. 누군가 먼저 용기 내어 마음의 빗장을 풀면, 듣는 사람들도 무장해제되어 속마음을 털어놓기 쉬워집니다.

3. "지적 성장이 고파" → 학습형 토론 모임

인문, 사회, 과학, 경제 등 다소 묵직한 책을 읽는 모임입니다. 발제문(토론 주제)이 미리 주어지고, 찬반 토론이나 논리적인 분석이 오가지요. 혼자서는 절대 안 읽을 벽돌 책을 깨고 싶은 사람, 뇌가 섹시해지는 지적 자극을 원하는 사람에게 특히 추천합니다. 혼자 읽을 때보다 시야가 확장되고 사고가 깊어진다는 장점이 있지만, 반대로 준비 없이 가면 꿀 먹은 벙어리가 될 수 있습니다. 꼭 말을 잘해야만 하는 것은 아닙니다. 고수들의 이야기를 경청하는 것만으로도 내 세계는 넓어집니다. 처음엔 '좋은 청중'이 되겠다는 가벼운 마음으로 문을 두드려보세요.

4. "따로 또 같이, 밸런스가 중요해" → 하이브리드형

위 유형들의 장점만 쏙쏙 뽑아 결합한 형태입니다. 가장 흔한 방식은 '평일에는 인증, 주말에는 소통'하는 모델입니다. 평일에는 단체 채팅방에서 문장 수집을 인증하며 강제성의 도움을 받고, 주말에는 줌이나 오프라인으로 만나 이야기를 나눕니다. 독서 습관도 잡고 싶고, 사람 냄새 나는 소통도 놓치기 싫은 욕심쟁이에게 추천합니다. 느슨한 연대 속에서 독서를 이어 갈 수 있기 때문입니다. 주의할 점도 있습니다. 모임의 성격이 이도 저도 아니게 흐려질 수 있다는 점입니다. 하지만 이것은 곧 유연하다는 뜻이기도 합니다. 오늘은 치열하게 읽고, 내일은 다정하게 떠들 수 있는 뷔페 같은 매력이 있는 모임입니다.

5. "책만 읽으면 지루해" → 취향 결합 '액티비티'형

책과 다른 취미를 결합해 진입 장벽을 낮춘 형태입니다. '책과 위스키', '책과 러닝', '책과 뜨개질' 등 책을 연결고리 삼아 여러 활동을 함께 즐깁니다. 책 한 권을 진득하게 앉아 읽기 힘든 활동가 타입, 혹은 공통 관심사로 다른 사람들과 빨리 친해지고 싶은 사람에게 추천합니다. 어색한 침묵의 시간이 별로 없고, 책 이야기가 막히면 술이나 운동 이야기로 넘어가면 되니 부담이 적고 즐겁습니다. 단점으로는 주객이 전도되어 책 내용은 기억나지 않을 수도 있습니다. 하지만 뭐 어떤가요. '책'이 지루한 공부가 아니라, '즐거운 놀이'로 기억된다면 그것만으로도 충분히 성공입니다. 책을 읽으며 함께 마시는 와인이 얼마나 달콤한지 경험해보길 권합니다.

STEP 2　주눅 들지 않는 '발제문 활용 팁'

　모임을 정했다면 다음 고민은 이것입니다. "도대체 무슨 말을 해야 하지?" 많은 초심자가 저지르는 실수는 책의 '줄거리'를 요약하려 드는 것입니다. 독서 모임은 '독후감 발표회'가 아닙니다. 줄거리는 검색만 해도 다 나옵니다. 사람들이 궁금한 건 단순히 책 내용이 아니라, '그 책이 당신의 삶과 만나 일으킨 화학작용'입니다. 발언권이 주어졌을 때, 횡설수설하지 않고 "오, 말 잘하시는데요?"라는 눈빛을 받을 수 있는 치트키 세 가지를 소개합니다.

1. '원 픽' 문장으로 방패 만들기

　할 말이 없을 땐 책에게 마이크를 넘기세요. "저는 이 책 전체는 잘 모르겠지만, 딱 이 한 문장이 좋았어요"라고 시작하는 것입니다. 그리고 그 문장이 왜 내 마음에 박혔는지, 나의 어떤 경험을 건드렸는지 이야기해보세요. 거창한 해석보다 사적인 경험이 섞인 감상이 훨씬 흡입력 있습니다.

2. '질문'을 던지는 사람이 모임을 지배한다

　정답을 말하려 하지 말고 질문을 던지세요. 좋은 질문은 답변보다 더 오래 기억됩니다. 책 내용 중 이해가 안 갔던 부분이나, 작가의 생각에 동의하지 않는 부분을 솔직하게 꺼내보세요. 당신의 물음표가 토론의 불쏘시개가 될 것입니다.

3. '나'의 이야기로 시작해 '우리'의 이야기로 끝맺기

이야기가 자기 자랑이나 신세 한탄으로만 끝나면 매력 없습니다. 내 경험을 이야기하되, 마무리는 보편적인 질문으로 확장하세요. "저는 직장 3년 차 때 번아웃이 와서 이 챕터가 공감됐어요(나의 이야기). 여기 계신 분들도 혹시 무기력해졌을 때 자신만의 극복 방법이 있나요(우리의 이야기)?" 이것이 소통의 기술입니다.

STEP 3 그래서 어디서 신청하나요?

내 성향을 파악했더라도 정작 신청할 곳을 못 찾으면 말짱 도루묵입니다. 포털사이트에 '독서 모임'을 검색하면 수만 개의 결과가 나와서 오히려 길을 잃기 쉽습니다. 가장 현실적이고 실패 확률이 낮은 '보물 지도' 찾는 법 세 가지를 알려드립니다.

1. "가까운 게 최고야" → 당근마켓과 소모임 어플

등잔 밑이 어둡습니다. 당신의 휴대폰에 이미 설치된 '당근마켓'을 켜고 '동네생활' 탭에 들어가 검색창에 '독서'를 입력해보세요. 생각보다 우리 아파트 단지, 바로 옆 동네 카페에서 소소하게 모이는 이웃들이 정말 많습니다. 동네 기반이라 참여율이 높고, 텃세 없이 소박한 분위기가 장점이지요.

2. "내 취향과 결이 맞아야 해" → SNS 활용

운영자의 취향이 중요하다면 SNS가 답입니다.

- 해시태그 활용: 인스타그램에 '#OO동독서모임'(지역명), '#벽돌책깨기'(목적) 등을 검색해 피드의 분위기를 살펴보세요.
- 북플루언서 팔로우: 평소 눈여겨보던 북스타그램이나 블로그 계정을 주목하세요. 단순히 책 추천만 하는 게 아니라, 팔로워들과 함께 읽는 모임을 직접 주최하는 '북플루언서'들이 많습니다. 이 루트가 실패 확률이 가장 낮은 이유는 간단합니다. 내가 좋아하는 인플루언서라면 책 취향은 물론, 그곳에 모이는 사람들의 결도 비슷할 확률이 매우 높기 때문입니다. 팬심으로 모인 자리라 분위기도 훈훈하고 텃세 걱정도 없습니다.

3. "검증된 곳이 좋아" → 도서관 혹은 독립 서점

가장 안전하고 신뢰할 수 있는 루트입니다.

- 도서관이나 문화센터: 공공기관 홈페이지 게시판은 보물창고입니다. 사서 선생님들이 엄선한 책으로 진행되며, 무료인 경우가 많지요. 다양한 연령층의 지혜를 들을 수 있는 건 덤입니다.
- 독립 서점(작은 책방): 네이버 지도에서 '내 주변 독립 서점'을 검색해 보세요. 책방 주인의 큐레이션을 믿고 가는 것이라 실패 확률이 낮고, 낭독회나 심야 책방 등 감성적인 프로그램이 많습니다.

독서 모임은 시험장이 아닙니다. 당신의 오답이 누군가에게는 위로가 되고, 당신의 엉뚱한 해석이 누군가에게는 새로운 아이디어가 됩니다. 그러니 부디, 틀릴까 봐 입을 다물지 않기를. 책이라는 안전한 핑계를 대고 조금 더 솔직해져도 됩니다. 우리의 세계를 넓혀줄 낯설지만 다정한 타인들이 그곳에서 우리를 기다리고 있으니까요.

4장 꾸준히 읽는 사람은 어디로든 나아간다

기록하면 연결된다

이 글을 쓰는 날을 기준으로, 인스타그램 팔로워는 15만 명을 넘겼다. 솔직히 말하면, 아직도 이 숫자가 실감이 나지 않는다. 가끔 포털 사이트에서 '1만 명 체감', '10만 명 체감' 같은 키워드를 검색해본다. 빽빽하게 들어찬 잠실 주경기장의 관중 사진이나, 광장에 구름처럼 모인 인파의 이미지를 보고 헉하고 놀라기를 반복한다. '15만'이라는 숫자 뒤에 살아 숨 쉬는 '진짜' 사람들이 있다는 사실이 체감되기 때문이다. 그 어마어마한 무게감이 때로는 두렵게, 때로는 벅차게 다가온다.

　직장 생활을 하며 혼자 꾸려온 계정이 이렇게 커지다 보니 종종 이런 질문을 받는다. "계정 어떻게 키우셨어요? 비결이 뭐예요?" 이런 질문을 받으면 대답하기가 매우 곤란하다. 처음부터 치밀하게 전략을 세우고 '계정을 키워야지' 다짐했던 적이 없기 때문이다. 그저 책을 읽으며 느꼈던 기쁨을 어떤 형태로든 기록하고 싶었고, 그 기록을 누군가와 나누고 싶었다. 그런데 기록하고 나누는 방식이 시대에 따라 자연스럽게 변하면서 인스타그램이라는 플랫폼을 만나 폭발적인 반응을 얻게 된 것이다.

첫 독서 기록은 2015년 겨울에 올린 팟캐스트 방송이었다. 당시 우연히 한 남성 직장인이 혼자 책을 읽고 소개하는 팟캐스트 방송을 듣게 되었다. 냉정하게 말해 방송은 허술하기 짝이 없었다. 매끄러운 진행이나 세련된 편집은 찾아볼 수 없었고, 방송을 듣고 유추해보건대 골방에서 별다른 장비도 없이 휴대폰 하나 놓고 녹음을 하는 듯했다. 내가 방송을 들으면서도 '이런 방송도 듣는 사람이 있나?'라고 생각할 정도였다. 그런데 이상하게도 그 어설픔이 오히려 매력으로 다가왔다. 가늘게 떨리는 목소리도 왠지 친근하고 편안했다. 그렇게 계속 방송을 듣다 보니 어느새 다음 회차, 또 다음 회차를 정주행하는 애청자가 되었다. 그러던 어느 날, 문득 이런 생각이 머리를 스쳤다. '어? 이 정도면 나도 만들 수 있겠는데?'

무식하면 용감하다고 했던가. 그 생각이 들고 얼마 안 돼 덜컥 팟캐스트 채널을 개설했다. 기획안이나 대본, 다음 회차 계획 등을 준비해야 한다는 사실도 몰랐다. 아무런 준비 없이 휴대폰 녹음기만 켜서 최근에 읽고 좋았던 책 한 권을 딸랑 펼쳐놓고 떠들기 시작했다. 막상 녹음 버튼을 누르고 책상 앞에 앉으니 무척 어색하고 떨렸지만, 한편으로는 설렜다. 대책 없는 첫 녹음을 마치고, '귀찮아서'가 아니라 '할 줄 몰라서' 편집도 하지 않은 채 업로드를 감행했다. 2015년 12월 21일, '책여사'가 온라인에 남긴 첫 자취는 우발적이고도 매우 용감한 발걸음이었다.

'허술하지만 매력적인' 그 팟캐스트를 듣기 시작한 지 한 달도 채 되지 않아 나만의 방송을 만들었다는 사실이 돌이켜보니 참 놀랍다. 누군가의 어설픈 시작이, 더 어설픈 누군가를 시작하게 만드는 힘이 되어주었다는 사실이 사랑스럽기도 하다. 사실 누군가 내 방송을 듣고 평가를 할 것이라고 생각했다면, 시작조차 못 했을 것이다. 망설임 없이 시작할 수 있었던 가장 큰 이유는 청취자를 위해 준비한 방송이 아니었기 때문이다. 읽은 책을 내 목소리로 기록해두고 싶다는 마음이 전부였다. (초등학생 때 방송반 오디션에서 떨어져 이루지 못한 꿈을, 어른이 되어 내 손으로 실현해냈다는 쾌감이었는지도 모른다. 보고 있나? 그때 나를 심사하고 탈락시켰던 6학년 언니 오빠들?)

그렇게 계획 없이 시작했던 팟캐스트를 무려 7년이나 이어갔다. 혹시 긴 시간을 지속할 만한 금전적 보상이 있었느냐고? 천만에. 팟캐스트를 진행하며 얻은 수입이라고는 방송 중간

광고 비용으로 몇 개월에 걸쳐 받은 치킨 한 마리 값 정도가 전부였다. 그럼에도 방송을 멈추지 않았다. 방송을 핑계로 책을 더 꼼꼼히 읽게 되고, 회차를 거듭할수록 마이크 앞이 조금씩 익숙해지는 과정 자체가 즐거웠다. 무엇보다 꾸준히 방송을 올리다 보니 허술한 방송을 꾸준히 들어주는 애청자가 하나둘 생기기 시작했다. 얼굴 한 번 본 적 없는 소중한 사람들이 남겨주는 따뜻한 댓글 한마디에 방송을 계속할 힘이 생겨났다.

누군가는 내 어설픈 방송에 불만을 토로하기도 했지만, 기억에 오래 남는 청취자는 모두 나를 응원해준 사람들이다. "고맙습니다. 잘 듣고 있어요." "밤에 듣기 참 좋은 방송이에요." "오랜만에 들었다가 줄줄 울었네요." "덕분에 평온한 밤을 보냈습니다." 이 소중한 댓글 하나하나가 나를 다시 책상 앞에 앉혔다. 골방에서 혼자 읽은 문장이 전파를 타고 누군가의 고단한 하루에 가닿아 위로를 준다는 것, 그 기적 같은 연결이 수입보다 더 큰 보상으로 다가왔다.

사실 인스타그램은 팟캐스트 청취자들과 더 가까이 소통하고 싶어 시작한 '곁다리' 공간이었다. 처음에는 계정 이름만 '책여사'였지, 사실상 나의 사생활을 전시하는 계정이나 다름없었다. 어릴 때부터 사진을 찍고 찍히길 좋아해 맛있는 음식이나 여행 사진을 올리는 소위 '먹스타그램', '일상스타그램'으로 인스타그램을 시작했다. 그러다 자연스럽게 좋아하는 책 사진을 한두 장 올리게 되었고, 책을 매개로 소통하는 사람들이 늘어나면서 '책스타그램'으로서 정체성을 찾아갔다. 이 과정에서 나도 몰랐던 숨겨진 재능도 발견했다. 바로 '사진 감각'이었다. 독서 리뷰를 쓰는 일은 늘 머리를 쥐어뜯을 만큼 어려웠지만, 책 사진을 예쁘게 찍는 일은 놀이처럼 쉬웠다. 표지와 어울리는 소품을 배치하고, 여유로운 무드를 연출하는 작은 재능은 인스타그램이라는 사진 기반 플랫폼과 찰떡궁합을 이루었다.

물론 여유로운 무드를 연출하기 위해 카메라를 들고 식탁 의자 위에 올라가고, 커피가 다 식을 때까지 이리저리 카메라 각도를 비트느라 땀을 뻘뻘 흘리는 우스꽝스러운 뒷모습은 비밀에 부쳐두고 싶다. 남들은 "책 사진 하나 찍는데 뭐 그리 유난스러운가" 할지 몰라도, 내 눈엔 피사체가 된 책이 뿜어내는 아우라가 보였달까. 그 찰나의 아름다움을 포착해 네모난 프레임에 담아내는 희열은 텍스트로 된 리뷰를 쓸 때와는 또 다른 창작의 기쁨이었다.

시행착오, 아니 '쿨한' 포기의 역사도 있었다. 한때 책 좀 읽는다는 사람들 사이에서 '브런치' 작가 되기가 유행처럼 번졌다. 브런치는 카카오에서 만든 글쓰기 플랫폼으로, 심사 후 승인을 받아야만 글을 업로드하는 작가가 될 수 있다. 나도 유행을 따라 도전해, 몇 번의 낙방 끝에 '작가' 타이틀을 따냈지만,

정작 글은 별로 올리지 못했다.

겪어보기 전에는 몰랐지만, 나는 긴 호흡의 줄글보다는 감각적인 사진과 짧고 강렬한 메시지로 소통하는 것이 훨씬 즐겁고 잘 맞았다. 남들이 다 한다고 해서 다 따라 할 필요는 없다는 사실도 이때 깨달았다. '영혼 없는 내 글을 읽고 뽑아주신 심사위원분들께 심심한 사과를 전하며' 미련 없이 브런치를 놓아주고 내 놀이터인 인스타그램에 집중하기로 했다(이 책을 쓰며 글쓰기에 대한 애정이 각별해졌고, 책여사의 브런치는 비로소 긴 잠에서 깨어났다. 브런치 계정도 많은 관심 부탁드립니다).

그러던 어느 날 평온하던 내 놀이터에 대격변이 찾아왔다. '릴스'가 등장한 것이다. 미디어 환경이 급격히 변화하며, 긴 동영상 대신 유튜브의 '쇼츠'처럼 30초~60초의 짧은 동영상 서비스가 주목받기 시작했다.

인스타그램도 영상 플랫폼으로 변화를 꾀하며 쇼츠와 비슷한 '릴스' 서비스를 런칭하고, 하루가 멀다 하고 "릴스를 찍으세요"라는 알림을 보냈다. 처음엔 콧방귀를 뀌었다. "릴스? 그게 뭔데? 난 영상 편집의 '영' 자도 모른다고!" 하지만 계속되는 알람에 슬그머니 '나도 한번 해볼까' 하는 마음이 올라왔다.

구글 신께서 이런 내 마음을 읽은 것인지 어느 날 '릴스 원데이 클래스' 광고가 눈에 띄었다. 마침 릴스에 관심이 생겨나던 터라 고민 없이 신청 버튼을 눌렀다. 영상 편집에 관한 기초적인 지식을 알려주던 수업 내용보다 기억에 남는 것은 강사님이 던진 한마디였다. "어렵게 생각하지 마세요. 그냥 하다 보면 늡니다." 이런 무책임한 말이 어딨나 싶을 수도 있지만, 이 말에 최종적으로 마음의 빗장이 열렸다. 2022년 1월에 올린 첫 릴스는 정말이지 '날것' 그대로였다. 어떤 효과도 없이, 노을 지는 바닷가에서 반짝이는 윤슬을 배경으로 서핑하는 실루엣만 덩그러니 담긴 영상이었다. 그날부터 꾸준히 릴스 영상을 만들어 올리기 시작했다. 컷 편집을 익히고, 자막을 넣으며 글과 사진을 넘어 영상이라는 새로운 매체를 익혔다. 그렇게 꾸준히 올리다 보니 100만 뷰, 200만 뷰를 기록하는, 소위 '터지는 영상'들도 생겨났다.

처음 조회 수가 터지던 날을 잊을 수 없다. 베개 아래 휴대전화가 쉴 새 없이 징, 징 하고 울렸다. 화면을 켤 때마다 '좋아요'와 '팔로우' 알림이 폭죽처럼 터지는데, 덜컥 겁이 나면서도 입꼬리가 내려오지 않았다. '이게 되네? 내 서툰 영상도 사람들이 좋아해주네?' 그 작은 성공의 맛을 본 이후로 강의에서 들었던 "하다 보면 늡니다"라는 말은 내 인생의 주문이 되었다.

이제는 나도 가끔 릴스 만드는 법을 알려주는 강의에 초대받아 연사로 나설 때가 있다. 그때마다 기술보다 이 말을 먼저 전한다. "일단 찍어보세요. 그리고 게시하세요! 그걸 반복하면 퀄리티는 절로 따라옵니다."

최근에는 유튜브라는 새로운 바다에 또 한 번 조각배를 띄웠다. 여전히 서툴고 부족하지만 예전처럼 마냥 두렵지만은 않다. 팟캐스트와 인스타그램, 릴스가 나에게 가르쳐준 단 하나의 진리를 알고 있기 때문이다. "완벽하지 않아도 괜찮다. 일단 기록하면 연결되고, 계속하면 결국 닿는다."

나 혼자 읽으면 그저 취미에 불과하지만, 그것을 기록하고 쌓아가면 새로운 기회의 출발점이 된다. '너무 늦은 건 아닐까…?' 하며 망설이고 있는 사람이 있다면 일단 시작하기를 권한다. 당신의 서툰 기록이 누군가에게는 시작할 용기가 될지도 모른다. 2015년의 내가, 이름 모를 누군가의 어설픈 방송을 보고 마이크를 잡았던 것처럼 말이다.

가장 최근에 읽은 책의 감상을 SNS로 남겨보자. 글이든, 사진이든, 영상이든 상관없다. 편한 방식을 선택하자.

알고리즘도 감동한

진심 가득
책 리뷰

취미로 시작한 책 소개 계정이 어느새 15만 명이 넘는 책 친구들과 함께하는 거대한 광장이 되었다. 누군가는 "와, 원래 인기가 많으셨나 봐요" 혹은 "운이 좋으셨네요"라고 말할지도 모른다. 하지만 이 계정이 걸어온 길을 그래프로 그린다면, 우상향 곡선이 아니라 지루할 정도로 긴 평행선 끝에 갑자기 솟구친 수직선에 가깝다.

사람들은 잘 모르지만 꽤 오랫동안 인스타그램 계정을 운영했다. 본격적으로 책을 읽고 기록하며 '북스타그래머'로서 정체성을 잡기 시작한 것은 2021년이니, 2026년인 올해로 6년 차에 접어든 셈이다.

일상 기록에서 북스타그램으로 전향하고 꾸준히 책을 읽

고 나름대로 정성껏 리뷰를 작성해 올린 2년여 동안, 팔로워는 6,000명 안팎에서 제자리걸음이었다. 마치 "북스타그램의 한계는 딱 여기까지야. 더 넘볼 생각 마"라고 선을 긋는 것만 같았다. 애초에 대단한 야망을 품고 시작한 건 아니었기에 처음에는 감사한 마음뿐이었지만, 사람 마음이란 게 참 간사했다. 자연스럽게 늘어나던 숫자가 6,000이라는 벽에 부딪히니 묘한 오기가 생겼다. '해외에는 수십만 팔로워를 가진 북튜버, 북스타그래머도 있고, 국내에도 몇만 명씩 모이는 계정이 있는데 왜 내 계정은 여기서 멈출까? 더 커지는 계정들은 도대체 뭘 잘하는 걸까?'

답답한 마음에 전문적으로 인스타그램 운영법을 '배우기' 시작했다. 인스타그램에는 이미 '난다 긴다' 하는 고수들이 넘쳐나서 배울 곳은 얼마든지 있었다. '구글 신'께 의지해 정보를 긁어모으고, 무료 원데이 강의부터 수십만 원에 달하는 유료 강의까지 가리지 않고 들었다.

문제는 그다음이었다. "해시태그는 몇 개 이상 쓰면 안 된다", "업로드 골든 타임은 밤 9시다", "첫 문장에 후킹Hooking 요소를 넣어라"⋯. 반드시 해야 할 것과 절대 하지 말아야 할 것들의 리스트가 끝도 없이 이어졌고, 그 수많은 규칙에 압도되어 도무지 무엇부터 시작해야 할지 감을 잡을 수 없었다. 머릿속은 더 캄캄한 미로가 되어갔고, 정작 콘텐츠를 만들어 올려야 할 손은 파업에 돌입했다. 대어 낚는 법을 이론으로 통달하면 뭐 하나. 내가 낚싯대에 미끼를 꿰어 바다로 던지지 않으면 물고기는 영원히 잡히지 않는다.

"이론 공부는 그만! 일단 낚싯대부터 던지자." 나는 아주 사소하고 쉬워 보이는 것부터 하나하나 실천해보기로 했다.

캡컷CapCut이나 블로VLLO 같은 영상 편집 앱은 '무서워서' 다운로드조차 하지 못했고, 인스타그램 앱 안에서 할 수 있는 가장 기초적인 기능부터 활용했다. 업로드 과정도 매우 간단했다. 읽고 있는 책의 페이지를 넘기는 손동작을 10초 정도 촬영한다. 인스타그램 뮤직 라이브러리에서 소위 '요즘 뜬다'는 음악을 고른다. 그리고 캡션에 한마디 적는다. "#지금읽는책 여러분은 어떤 책 읽고 있나요?" 너무 간단해서 민망할 정도지만, 처음에는 '아무도 댓글을 안 달면 어쩌지?' 하는 걱정 때문에 이마저도 쉽지 않았다. 그럴 때마다 애써 '이건 훈련이야' 하고 마음을 다잡았다.

이렇게 '만만한 것'부터 손에 익히고 매일 반복하다 보니 릴스 만들기에 대한 두려움이 점차 사라졌다. 어느새 다운로드조차 겁났던 영상 편집 앱들도 하나둘 만져보게 되었다. 그렇게 묵묵히(때로는 지쳐서 억지 텐션으로 내 멱살을 끌어가며) 영상을 올리던 어느 날, 기적 같은 '떡상'이 찾아왔다. 그런데 그 떡상을 만든 것은 화려한 편집 기술도, 치밀하게 계산된 알고리즘 전략도 아니었다.

떡상의 주인공은 바로 벵하민 라바투트의 소설『매니악』리뷰 영상이었다. 그날은 새벽부터 일어나 책의 마지막 부분을 읽었다. 출근해야 하는데 책을 손에서 놓을 수가 없었다. 결국 가방에 책을 챙겨 넣어 출근했고, 점심시간에도 사무실 구석에서 도시락을 까먹으며 남은 페이지를 읽어 내려갔다. 마지막 장을 덮었을 때의 전율이란! 머릿속이 멍해지고 심장이 쿵쾅쿵쾅 뛰었다. 이 강렬한 느낌을 어떻게든 기록하고 싶었다. 퇴근하고 집에 오자마자 지친 몸을 이끌고 삼각대를 세웠다. '후킹'이니 '타기팅'이니 하는 마케팅 용어는 생각할 겨를도 없었다. 그저 책을 읽고 느낀 감정을 날것 그대로 쏟아냈다.

"여러분, 소설 읽다가 뇌가 활짝 열린 기분 느낀 적 있으세요? 뉴런이 타다닥 다 연결되는 그런 느낌? 있었다면 이 소설이 다시 그 충만함을 선물해줄 거고요, 없었다면 이 소설이 그 전율을 느껴볼 수 있게 해줄 거예요. (…) 작가가 장치해놓은 수많은 것들이 하나하나 이어질 때 머리에서 핵폭탄이 터집니다! 수소폭탄급의 재미가 있다고요!"

감정을 다 쏟아내고 나니 편집할 힘도 없어서 컷 편집만 대충 한 채 업로드 버튼을 누르고 잠들었다. 다음 날 아침, 알람

소리에 일어나 습관적으로 인스타그램을 켰다가 눈을 의심했다. 화면을 켤 때마다 '좋아요'와 '팔로우' 알림이 폭죽처럼 터지고 있었다. 밤새 수백 명, 아니 수천 명의 팔로워가 몰려들었다. "책여사 님이 그렇게 흥분하시니 궁금해서 못 참겠어요." "리뷰 보고 바로 결제했습니다." 해당 릴스는 현재 기준 100만 뷰를 훌쩍 넘겼고, 단 하나의 영상으로 1만 명이 넘는 팔로워가 유입되었다.

알고리즘은 기계가 아니라, '사람의 마음'을 읽는 도구라는 것을 그때 깨달았다. 머리를 굴려 '있어 보이는 척' 만든 정보성 콘텐츠는 반응이 미지근했지만, 투박하더라도 내 진짜 감정이(찐 F의 에너지가) 터져 나온 콘텐츠에는 사람들이 격하게 반응했다.

책의 '줄거리'를 알고 싶은 사람보다 그 책이 한 사람의 일상을(새벽잠을 설치게 하고 도시락을 먹게 할 만큼) 어떻게 뒤흔들었는지, 그 '떨림'을 보고 싶어하는 사람이 더 많았던 것이다. 처음엔 이 모든 결과가 운이라고 생각했지만, 지금은 노력에 대한 정당한 보상이라고 생각한다. 아주 쉬운 영상부터 어려운 영상까지, 멈추지 않고 두드린 수많은 도전 끝에 얻어낸 달콤한 결실인 것이다.

북스타그래머가 된 후로 수많은 도서 협찬과 광고 제의를 받는다. 개중에는 꽤 큰 액수를 제시하는 곳도 있다. 감사한 일이지만, 들어오는 제안 열 건 중 여덟아홉 건은 거절한다. 이유는 단순하다. 1차로 그 많은 책을 읽을 시간이 없다. 몸은 하나고 내게 주어진 하루도 24시간뿐이니, 물리적인 한계가 있다. 여기에서 8할은 걸러진다.

다음은 2차 검토다. 시간을 두고 읽었을 때 내 심장을 뛰게 하지 않는 책은, 돈 때문에 "좋다"라고 말할 자신이 없어서 거절한다. 억지로 쓴 칭찬은 내 팔로워들이, 그리고 귀신같은 알고리즘이 가장 먼저 알아챌 것이다. 진심이 없는 콘텐츠는 체류 시간이 짧고 공유되지 않는다. 결국 내 계정의 신뢰도만 떨어질 뿐이다. 장사꾼이 아니라, 책을 사랑하는 한 사람의 독자로 남고 싶기에 '진심'을 가장 우선 순위에 둔다.

누군가 내게 "어떻게 하면 인스타그램 계정을 키울 수 있나요?"라고 묻는다면, 내가 겪은 시행착오를 담아 이렇게 대답하고 싶다. 첫째, 기술 배우느라 시간 낭비하지 말고 지금 당장 휴대폰 카메라를 켜세요. 퀄리티는 나중에 챙기고 일단 '양'으로 승부하세요. 둘째, 있어 보이는 척하지 말고 당신의 '진짜 감정'을 이야기하세요.

알고리즘은 변덕스럽다. 어제의 정답이 오늘의 오답이 되기도 한다. 하지만 변하지 않는 단 하나의 진리가 있다. "진심은 무엇이든 뚫는다." 어떤 로직도, 어떤 기술도, 사람의 마음을 움직이는 '진심'을 이길 수는 없다. 그러니 기술을 배우려 애쓰기보다 당신의 마음을 들여다보라. 당신이 진짜로 설레고, 분노하고, 감동했던 그 순간을 기록하라. 그 진심이 화면 너머의 누군가에게 가닿을 때, 비로소 알고리즘은 당신의 편이 되어줄 것이다.

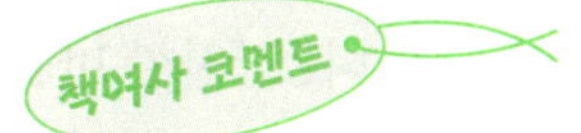

할까 말까 망설이게 되는 일이 있다면, 작은 것부터 일단 실행해보자.

정체기는

더 큰 도약의
시작

"제발, 더 이상 책이 내게 오지 않게 해주세요."

책을 좋아하는 사람이라면, 이게 무슨 배부른 소리인가 싶을 것이다. 하지만 북스타그램을 운영한 지 2년 차가 되던 해, 내 최대 고민은 역설적이게도 어떻게 하면 '책 선물을 잘 거절할 수 있을까'였다. 당시 내 팔로워 수는 약 6,000명으로 그리크지도 아주 작지도 않은 계정이었지만, 체감상으로는 세상모든 신간이 내 집 현관으로 배달되는 기분이었다.

처음에는 축복인 줄로만 알았다. 서점에 가지 않아도 따끈한 신간을 가장 먼저 받아볼 수 있다니! 감사한 마음에 넙죽넙죽 책을 받았고, 성실하게 리뷰를 올렸다. 호의가 계속되면 권리인 줄 안다고 했던가. 내 상황은 정반대였다. 호의로 시작한 일이 '의무'가 되어 나를 옥죄기 시작했다. 퇴근하고 돌아오면 현관 앞에 쌓인 택배 상자가 마치 "빨리 읽고 리뷰 써"라고 독촉하는 청구서처럼 느껴졌다. 정말 읽고 싶어서 사둔 '내돈내산' 책들은 책장 구석으로 밀려났고, 숙제하듯 협찬 도서를 읽어치우기에 급급했다.

어느 밤, 억지로 책장을 넘기다 문득 '현타'가 왔다. '나 책 왜 읽는 거지? 좋아서 시작했는데 왜 스트레스를 받고 있지?' 책을 통해 얻던 위로와 평안은 온데간데없고, '마감'과 '업로드'가 주는 압박감만 남아 있었다. 이대로 가다간 그토록 사랑하던 책과 영영 이별할 것 같은 위기감이 엄습했다. 책을 매개로 사람들과 진심을 나누고 싶은 순수한 마음으로 시작한 일에 그 진심이 고갈된다면? 결단이 필요했다. "모든 책을 다 받을 수는 없다. 어떻게든 쳐내야 한다…."

문제는 '어떻게'였다. 소심한 내 성격상 칼 같은 '대문자 거절'은 불가능했다. '혹시 거절했다가 건방진 애로 낙인찍히는 건 아닐까?' '다시는 나에게 기회가 오지 않으면 어떡하지?' 꼬리에 꼬리를 무는 걱정으로 밤잠을 설쳤다. 하지만 침묵은 답이 될 수 없었다. 밤마다 머리를 쥐어뜯으며 며칠을 고민한 끝에, 나만의 '거절 매뉴얼'을 만들었다. 칼 같은 거절 대신, 부드러운 회유책을 쓰기로 한 것이다.

"안녕하세요, 담당자님. 반가운 제안 감사합니다^^. 현재는 개인 사정으로 단순 도서 협찬은 정중히 사양하고 있습니다. 다만, 서평단 모집 등 독자들과 함께할 수 있는 협업이 있다면, 언제든 제게 연락해주시기를 바랍니다. 즐거운 마음으로 함께 해보고 싶습니다. 그럼, 오늘도 평온한 하루 보내세요! 감사합니다.”

이 짧은 답장 속에는 한 톨의 거짓말도 없지만, 고도로 계산된(?) 나의 욕망이 숨어 있었다. ‘개인 사정’이라는 네 글자로 번아웃을 숨겼고, ‘단순 협찬은 NO’지만 ‘협업은 YES’라는 메시지를 통해 ‘나는 책을 받는 사람이 아니라, 책을 알리는 기획자가 되고 싶다’라는 의지를 은근슬쩍 내비쳤다. 그리고 그 행간엔 이런 마음까지 꾹꾹 눌러 담았다. ‘Never let me go⋯. 그냥 떠나지 말아요.’

답장을 써두고도 보낼까 말까 얼마나 망설였는지 모른다. 눈을 딱 감고 ‘에라, 모르겠다’는 심정으로 답장 전송! 심장이 쿵쿵 뛰었다. 답장이 안 오면 어쩌지? 그냥 까칠한 사람으로 찍히고 끝나는 건 아닐까? 휴대전화를 멀찍이 뒤집어놓고 힐끔거리기를 수십 번, 드디어 알람이 울렸다.

“책여사 님, 회신 감사합니다. 그럼 말씀하신 서평단 모집 진행은 어떻게 하면 될까요? :)”

세상에. 이렇게 쉽게 된다고? 아니, 덜컥 돼버리면 어떡해! 답변을 보고 잠잠해지던 심장이 다시 요동쳤다. 사실 나는 서평단 모집을 한 번도 해본 적이 없었다. 그저 '협업'이라는 멋진 단어를 썼을 뿐, 구체적인 프로세스는 전혀 몰랐다. '혹시 나를 전문가로 오해하신 거 아닐까? 실망하시면 어쩌지?' 또다시 시작된 걱정스러운 질문들. 당황스러운 마음은 진정되지 않았지만, 이미 엎질러진 물이었다. 나는 다시 솔직함을 무기로 삼기로 했다.

"사실 서평단 진행은 처음이지만, 제 계정의 팔로워분들 성향에 맞춰 최선을 다해 기획해보겠습니다."

다행히 담당자님은 나의 열정을 믿어주셨고, 그렇게 얼떨결에 나의 첫 '마케팅 데뷔전'이 성사되었다.

단순히 책을 받아 읽는 것과, 내가 판을 깔고 사람들을 모으는 것은 차원이 다른 일이었다. 그때부터 눈에 불을 켜고, 다른 출판사나 대형 인플루언서는 어떻게 이벤트를 진행하는지 밤새 뒤졌다. 편집 디자이너의 감각을 영혼까지 끌어모아 책 사진을 찍고, 카피라이터의 심정으로 문구를 고치고 또 고쳤다. 진행비 한 푼 받지 않는 일이었지만, 마음만은 마치 억대 연봉을 받는 마케터처럼 비장했다.

드디어 게시물 업로드 버튼을 누르던 순간, 다시 악마의 속삭임이 들려왔다. '야, 댓글 0개면 어떡할래? 망신만 당하는 거 아니야?' 불안함에 손끝이 떨렸다. 이제 업로드만 하면 되는데, 왜 이제야 이런 걱정이 되는 건지! 정말 미치고 팔짝 뛸 노릇이었다. 하지만 에라 모르겠다, 눈 딱 감고 인스타그램에 서평단모집 게시글을 올렸다. 심장이 터질 것 같아 차마 확인도 못 하고 앱을 꺼버렸다.

과연 성공적인 첫 출발을 할 수 있었을까? 하루 뒤, 떨리는 마음으로 인스타그램에 접속했다. 결과는 놀라웠다. "저요! 저 이 책 너무 읽고 싶었어요!" "책여사 님 추천이라면 믿고 봅니다!" 댓글 창은 참여를 희망하는 사람들의 열기로 가득했다. '이게 꿈이냐 생시냐!' 아마 이벤트에 당첨된 분들보다 내가 훨씬 더 기뻐 날뛰었을 거다. 안도감과 함께 짜릿한 전율이 흘렀다. 당첨자를 뽑고, 리스트를 정리해 출판사에 넘기고, 책을 받은 분들의 리뷰에 일일이 찾아가 감사 인사를 남기는 과정까지 모든 과정이 고생스럽기보다 축제처럼 즐거웠다.

이 일을 계기로 단순한 리뷰어를 뛰어넘어 책과 사람을 연결하고 싶다는 꿈을 꾸게 되었을 만큼 이 경험은 독서 인생의 터닝 포인트가 되었다. 만약 그때 계속 책을 받기만 했다면 어땠을까? 어쩌면 숙제하듯 리뷰를 올리다가 '책태기'를 이기지 못하고 계정을 폐쇄했을지도 모른다.

"단순 협찬은 받지 않겠다"라는 작은 선언과 "협업을 해보자"라는 무모한 제안은 어디서 나온 용기였을까. 당시 '고민하기보다 그냥 고!'하게 만든 힘은 아마도 '독서'라는 내 인생 최고의 친구를 잃고 싶지 않은 마음이었을 것이다. 그 근원적 마음을 외면하지 않은 덕분에 수동적인 독자에서 능동적인 기획자로, 취미를 넘어 '업'의 가능성을 엿본 새로운 여정을 떠날 수 있게 되었다.

지금 되돌아보면 그때 넘은 문턱은 아주 낮은 계단 하나에 불과했다. 하지만 당시에는 그 계단이 내 키보다 높은 절벽처럼 보였다. 우리가 새로운 도전을 망설이는 이유는 올라야 할 계단이 너무 높아 보이기 때문이다. 하지만 막상 눈 딱 감고 발을 내디뎌보면 안다. 까마득히 높아 보이는 절벽도 자세히 들여다보면 아주 작은 계단들로 만들어져 있다는 사실을 말이다. 그 계단이 위험한 절벽이 아니라 나를 더 높은 곳으로 데려다줄 '성장의 발판'이었다는 사실도.

물론 지금도 나는 종종 두렵다. 늘 새롭기만 한 콘텐츠 기획, 멋진 연사와 베스트셀러 작가라는 꿈… 내 앞엔 여전히 거대해 보이는 계단들이 첩첩산중이다.

하지만 이제는 조금 알 것 같다. 그 계단을 오르는 동안 내 허벅지는 더 단단해지고, 시야는 더 넓어질 것이라는 사실을. 취미가 업이 된다는 것은 단순히 좋아하는 일로 돈을 번다는 뜻만은 아니다. 좋아하는 마음을 지키기 위해, 더 치열하게 고민하고 기꺼이 껍데기를 깨부수는 과정이 필요하다. 그렇기에 나는 오늘도 기꺼이 그 계단 앞에 선다. 목을 꺾어 들어 보아도 끝이 보이지 않는 것 같은 높은 계단일수록 나를 더 먼 곳으로 데려다줄 것이라는 것을 알기에. 두근거리는 가슴을 안고, Yes or No. 나만의 선택을 한다.

좋아서 시작했으나, 정체기를 겪고 있는 일이 있는가? 눈 딱 감고 거기서 한 발 더 나아가보자. 의외로 새로운 세계가 열릴지도 모른다.

성공한 덕후,
작가를
인터뷰하다

"약사님, 우황청심원 하나 주세요. 제일 센 걸로요."

다시 떠올리기만 해도 등줄기에 식은땀이 흐르는 기분이 드는 날이 있다. 나는 원래 웬만한 자리에서는 쉽게 떨지 않는 '강심장'을 지녔다. 학창 시절에는 축제 무대에 올라가 노래도 곧잘 불렀을 정도로 수많은 사람 앞에서 마이크를 잡을 때 즐거움을 느꼈다. 가족들도 그런 나를 보며 "지혜는 무대 체질이네", "야는 서울로 보내야 돼"라고 말하기도 했다.

그런데 그날만큼은 내 몸의 모든 시스템이 평소와 다르게 작동했다. 심장은 흉곽을 뚫고 나올 듯 요동쳤고, 긴장된 몸에서는 제어할 수 없는 식은땀이 쏟아져 나왔다. '아, 사람이 이러다 쓰러지는 거구나.' 3월의 쌀쌀한 꽃샘추위가 무색하게 내

겨드랑이 워터파크가 개장을 알렸고, 야심 차게 입고 나온 실크 블라우스는 속수무책으로 젖어 들어갔다. 약속 장소 근처 약국으로 뛰어 들어가 청심원 한 병을 원샷하고 심호흡을 해보았지만, 내 몸은 비상사태를 선포한 듯 진정될 기미를 보이지 않았다. '큰일 났다. 나 오늘 진짜 망하는 거 아니야?'

나를 이토록 사시나무 떨듯 떨게 만든 주인공은 바로 내가 평소 열렬히 사모했던 소설가 '허주은' 작가님이었다. 캐나다에 거주 중인 작가님이 데뷔작 국내 출간을 기념해 잠시 내한하셨고, 담당 출판사에서 감사하게도 나를 인터뷰어로 초대한 것이다.

처음 제안받았을 때 고민은 딱 1초 안에 끝났다. '일정이 되나? 무조건 된다고 해! 이건 운명이고, 기회야!' 이미 한 차례 읽었던 470쪽짜리 벽돌 책을 밤새 다시 읽으며 더 자세히 살폈고, 출판사에서 준 자료를 바탕으로 질문지도 꼼꼼히 작성했다. 준비하는 내내 떨림보다는 아드레날린이 솟구쳤다. 좋아하는 작가를 직접 만나 내 입으로 질문을 던지다니! 이것이야말로 진정한 '성덕(성공한 덕후)'의 길이 아닌가.

하지만 막상 그날이 닥치자, 내 몸이 먼저 '압도감'을 느껴버렸다. 새벽 일찍 일어나 서울행 KTX를 타러 가는 길부터 뇌가 정지된 기분이었다. 미리 준비해둔 큐시트를 보는데 하얀 건 종이요 검은 건 글씨로 보일 뿐, 내용이 머리에 들어오지 않았다. 소리 내 읽어보아도 아무런 소용이 없었다. '어떡하지? 질문지 내용은 다 외우지도 못했는데. 내가 버벅거려서 작가님 기분이라도 상하게 하면 어쩌지?' 이대로 멍하니 있다간 서울역에 도착하기도 전에 기절할 것 같았다. 그때 번뜩, 묘안이 떠올랐다. "그래, 눈이 안 되면 귀로 넣자." 나는 휴대전화 녹음기를 켜고 떨리는 목소리로 사전 질문지를 또박또박 낭독해 녹음했다. 그리고 부산역에서 서울역으로 향하는 세 시간 내내, 이어폰을 꽂고 내 목소리를 반복해서 들었다. 마치 수능 듣기 평가를 앞둔 수험생처럼, 질문 하나하나를 뇌세포에 새겨 넣듯 듣고 또 들었다.

서울역에 도착해 약속 장소로 이동하는 지하철 안에서도 중얼거림은 멈추지 않았다. 하지만 야속한 겨드랑이 워터파크는 2차 개장을 알렸고, 결국 나는 또다시 약국을 찾았다. "약사님, 청심원 한 병을 먹었는데 안 들어서요. 하나 더 먹어도 되나요?" "연달아 드시면 안 돼요. 대신 안정에 도움 되는 다른 걸 드릴게요." 약사님의 처방을 받아 안정제를 꿀꺽 삼키며 나는 비장하게 인터뷰 장소로 들어섰다.

결론부터 말하자면, 그날의 인터뷰는 '대성공'이었다. 객관적인 수치나 조회 수는 차치하고라도, 적어도 내 기준에서는 그랬다. 시작 전까지만 해도 쓰러질까 봐 걱정했던 내가 막상 작가님과 인사를 나누고 카메라의 빨간 불이 켜지자 거짓말처럼 멀쩡해졌다. 인터뷰 도중 한 번도 쓰러지지 않았고, NG도 거의 내지 않았으며, 예상보다 훨씬 빠르게 촬영을 마쳤다(역시 모든 직장인에게 최고의 미덕은 '빠른 퇴근'이다). "컷! 오케이, 수고하셨습니다!" 감독님의 사인이 떨어지자 작가님도, 관계자분들도 모두 환한 얼굴로 박수를 쳤다. 그 순간에는 날아서 부산까지 갈 수 있을 것만 같았다. 아니, 날아가는 정도가 아니라 성층권을 뚫고 우주로 공중 부양도 할 수 있을 기세였다. 새벽부터 나를 짓누르던 거대한 바위가 사라지고, 생전 처음 느껴보는 큰 해방감이 밀려왔다.

돌아오는 기차 안에서 곰곰이 생각했다. '도대체 왜 그렇게 떨었을까?' 사실 작가 인터뷰가 처음은 아니었다. 정여울 작가님과의 라이브 방송, 장류진 작가님과의 북토크 등 크고 작은 경험을 했었다.

그런데 유독 이날 미친 듯이 떨었던 이유는 '이제는 좀 알기 때문'이었다. 경험치가 '0'이었을 때는 뭘 걱정해야 하는지도 몰랐다. 그저 평소 좋아하던 작가님을 만난다는 설렘으로 뛰어들었고 무식해서 용감했다. 하지만 책을 읽고, 글을 쓰고, 몇 번의 현장 경험이 쌓이다 보니 인터뷰어라는 자리가 가진 무게감을 알게 된 것이다. 내 질문 하나가 작가의 의도를 돋보이게 할 수도 그렇지 않을 수도 있다는 책임감은 덤이었다. 그날의 떨림은 단순한 공포가 아니라, '잘하고 싶은 마음'이 만들어낸 건강한 긴장감이었던 셈이다.

그 극한의 긴장과 해방감 사이에서, 뜻밖의 선물처럼 새로운 가능성도 발견했다. 바로 '나는 절대 도망치지 않는다'라는 믿음이었다. 과거의 나였다면? 아마 "몸이 아파서 못 가겠어요"라며 핑계를 대고 이불 속으로 숨어버렸을지도 모른다. 중요한 일 앞에서 지레 겁먹고 펑크를 내던 부끄러운 흑역사가 수두룩했다.

하지만 이번엔 달랐다. 심장이 터질 것 같아도 약국을 찾았고, 눈이 안 보이면 귀로 들으며 '어떻게든 해낼 방법'을 찾았다. 책 속의 수많은 주인공이 고난 앞에서 무릎 꿇지 않고 한 발 더 내딛는 모습을 수도 없이 보며, 내 무의식 속에도 '회복탄력성'이라는 근육이 붙은 것이다.

나에게 그날의 인터뷰는 단순한 '성덕의 추억'이 아니다. 오히려 내 세계가 확장되는 신호탄이었다. 좋아하는 마음으로 시작한 일이 나를 낯선 곳에 데려다놓았고, 그 낯선 곳에서의 떨림이 나조차 몰랐던 내 안의 보석들을 캐내주었다.

감당하기 벅찬 기회 앞에서 우리는 뒷걸음질 치고 싶어진다. 너무 떨려서 도망치고 싶을 수도 있다. 하지만 아이러니하게도 그때가 바로 우리들이 성장하는 순간이다. 우황청심원을 마시는 한이 있더라도 그 자리에 버티고 서 있기를. 그 떨림의 끝에는, 우리를 기다리는 또 다른 '운명적 만남', '기회의 부름'

이 준비되어 있을 테니까. 나는 오늘도 기꺼이 땀 흘릴 준비가 되어 있다. 다음엔 또 어떤 작가님이 나를 떨게 만들까? 벌써 심장이 바운스 바운스. 즐거운 비명을 지른다.

감당하기 어려운 책임의 순간은 또 다른 기회가 될 수도 있다. 그 두려움과 떨림을 즐겨보자.

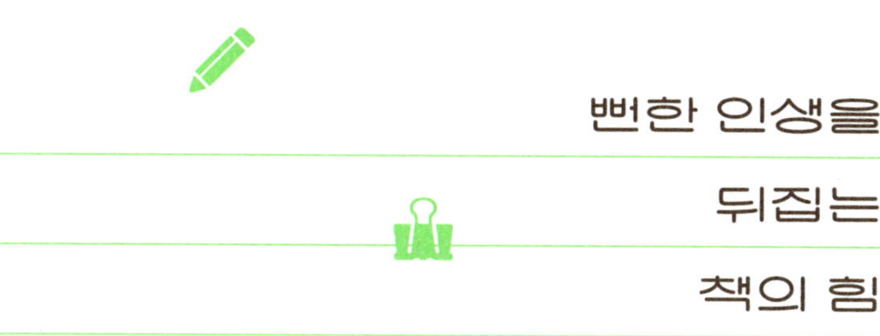

뻔한 인생을
뒤집는
책의 힘

10년 전, 나는 내 인생의 시나리오가 뻔하다고 생각했다. 스스로 내 인생의 천장을 아주 낮게 지어놓고, 그 밑에 웅크린 채 이것이 최선이라고 믿으며 살았다.

그 낮은 천장을 만든 건 아이러니하게도 어린 시절 내가 가장 사랑했던 아버지의 두 가지 모습이었다. 아빠는 칼 세이건의 다큐멘터리 《코스모스》를 보며, 지구본을 돌려주던 분이었다. "지혜야, 이 넓은 우주에 수많은 별 중에 지구가 있고, 그중에서도 우리는 대한민국 부산이라는 아주 작은 곳에 있단다. 아빠는 우리 딸이 이 넓은 세상을 보고 느끼며 살았으면 좋겠어." 그때 아빠의 눈은 소년처럼 빛났고 내 손등을 감싸쥐었던 큰 손에서는 꿈꾸는 사람의 뜨거운 심장이 느껴졌다. 하지만 동시에, 삶의 무게가 어깨를 짓누를 때면 아빠는 한숨처럼 내뱉곤 했다. "지혜야, 평범하게 사는 게 가장 어렵단다."

우주를 꿈꾸라던 아빠와 평범함조차 버겁다던 아빠. 나는 점점 후자의 말에 스스로를 가두었다. 튀지 않고, 도태되지 않고, 그저 '평범함'이라는 안전선 안에서 무사히 하루를 넘기는 것. 그것이 나에게 허락된 유일한 미래라 생각했다. 하지만 낮은 천장을 만들어두고 살아가면서도, 늘 무언가 더 큰 것, 더 높은 것으로 향하는 마음을 버릴 수는 없었다. 나는 그렇게, 꿈과 현실 사이에서 서성이는 과거의 아빠와 꼭 닮은 어른이 되어가고 있었다.

최근 제임스 클리어의 책『아주 작은 습관의 힘』을 다시 읽다가 수년 전의 내 모습이 떠올랐다. 우울과 무기력이 파도처럼 내 방을 덮치던 그 시절, 내 다이어리에 적힌 하루 목표는 고작 이런 것들이었다. '물 한 잔 마시기', '양치질하기', '샤워하기'. 남들에겐 숨 쉬듯 자연스러운 일상이 당시 나에게는 비장한 결심이 필요한 과업이었다. 무너진 마음을 일으켜 세우기 위해, 겨우 물 한 잔을 마시는 일부터 다시 배워야 했다. 그 작은 변화는 수년간 지속되었고, 지금의 나는 그때처럼 작은 변화를 시도하는 완전히 같은 사람이면서도, 한편으로 완전히 다른 사람이 되었다.

지금 내가 어떤 하루를 보내고 있는지 생각하면 놀랍기만

하다. 새벽 5시면 일어나 스트레칭과 양치로 몸을 깨우고, 남편의 아침과 점심 도시락을 챙긴다. 곧바로 책상에 앉아 온라인 새벽 독서 모임에 참여해 책을 읽고 필사를 한다. 향기로운 모닝 커피를 마시며 업무 이메일을 확인하고, 글을 쓴다. 과거의 나와 지금의 나 사이에는 10년이라는 물리적 시간보다 더 아득한 심리적 거리가 존재한다.

내가 느끼는 성장의 증거는 눈부신 성과나 통장 잔고가 아니다(물론 통장 사정도 많이 나아졌다. 감사합니다, 제임스 클리어!). 내 의지대로 선택하고 채워가는 하루의 '밀도'가 더 큰 증거다. 겨우겨우 하루를 버텨내던 사람이, 이제는 하루를 주도하며 꽉 찬 충만함을 느낀다. 나는 나를 이렇게 키운 건 8할이 '책'이었다고 확신한다. 책은 내 인생의 낮은 천장을 보란 듯이 깨부수어주었다. 책을 읽으며 달라진 것은 크게 세 가지다.

멘토를 얻다

책 속에서 수많은 멘토를 만났다. 예전의 나는 늘 타인을 부러워했다. TV 속 연예인, SNS 속 모르는 사람들…. 시선은 늘 바깥을 향해 있었고, 그들과 나를 비교하며 스스로를 갉아먹었다. 하지만 지금은 다르다. 내 멘토는 인스타그램이 아니라 내 책장 속에 산다. 때로는 니체와 마주 앉아 운명을 사랑하는 법을 배우고, 때로는 버지니아 울프와 함께 자기만의 방을 짓는 법을 고민한다. 시공간을 초월한 위대한 지성들과 매일 대화를 나누다 보니, 현실의 비교나 질투가 시시해졌다. 자존감의 뿌리가 '타인의 인정'이라는 얕은 흙에서 '내면의 단단함'이라는 깊은 암반으로 옮겨 간 것이다.

멘토들의 지혜가 내 안에 쌓이자, 잊고 살았던 '감사'가 찾아왔다. 책은 나로 하여금 나를 이 세계로 오게 해준 엄마와 아빠를 새롭게 해석하게 해주었다. 아빠가 남긴 상처는 여전하지만, 그것을 바라보는 시선은 완전히 달라졌다. 어린 시절의 상실이 있었기에 나는 남들보다 일찍 삶과 죽음의 의미를 고민할 수 있었다. 그리고 침대에서 일어나는 것도 힘들었던 우울한 시절을 지나고 보니, 그 모진 세월을 견디며 나와 동생을 키우고 지켜낸 엄마의 책임감이 얼마나 위대한 것인지 뼈저리게 느낀다. 책 속의 멘토들이 가르쳐준 것은 지식만이 아니었다. 내 삶의 뿌리인 부모님을 있는 그대로 끌어안을 수 있는 품을 만들어주었다(물론 아직 부족한 품이기에 앞으로도 책을 계속 읽어야 할 테다).

새로운 언어를 가지다

과거의 나는 내 마음을 설명할 길이 없어 자주 화가 났다. 슬픈 건지, 억울한 건지, 허무한 건지…. 내 안에서 소용돌이치는 감정에 이름을 붙이지 못해 답답해하다가 결국 입을 다물어

버리곤 했다. 하지만 책을 읽으며 수만 가지 감정의 이름을 알게 되었다. 물론 아직 내 언어의 거름망은 촘촘하지 못해서, 책 속의 수많은 지혜와 아름다운 문장이 내 안에 다 고이지 못하고 숭숭 뚫린 구멍으로 빠져나가기도 한다. 하지만 괜찮다. 콩나물시루에 물을 부으면 물은 다 빠져나가도 콩나물은 자라지 않는가. 스쳐 지나간 문장들도 영원히 사라진 게 아니라, 내 영혼의 체를 조금씩 더 촘촘하고 단단하게 만드는 데 한몫했으리라. 이제 나는 내 슬픔을 정의할 수 있고, 내 기쁨을 묘사할 수 있다. 내 세상을 내 언어로 정의할 수 있다는 그 '통제감'이 나를 더 사랑하게 만들었다.

꿈을 키우다

내 나이가 아빠가 세상을 떠난 나이에 가까워질수록, "평범하게 사는 게 제일 어렵다"라던 아빠의 말이 얼마나 무거운 진실이었는지 체감한다. 하지만 더 이상 그 말에 갇히지 않기로 했다. 대신 아빠가 지구본을 돌리며 보여주었던 그 넓은 세상, '코스모스'를 꿈꾸기로 했다.

책은 상상력의 지평을 우주 끝까지 넓혀놓았다. 10년 전 내 꿈이 '남들만큼 사는 것'이었다면, 지금 내 꿈은 '대체 불가능한 나'로 사는 것이다. 나는 베스트셀러 작가를 꿈꾸고, 언젠가 부커상이나 노벨문학상 시상식에 한국 대표 북 큐레이터로 초청

받는 상상을 한다. 내가 좋아하는 일이 경제적 풍요로 연결되고, 그 부를 나를 위해서만 쓰는 게 아니라 더 큰 사랑이 되어 세상에 흐르게 하는 꿈을 꾼다. 누군가는 허무맹랑하다고 비웃을지 모른다. 하지만 책 속에서 수많은 인생이 불가능을 가능으로 만드는 과정을 목격한 나는 안다. 꿈꾸지 않으면 아무것도 이루어지지 않는다는 것과 책이 내게 심어준 비범한 씨앗을 싹 틔우는 일은 결국 나의 선택이라는 것을.

니체는 말했다. "아모르 파티Amor Fati, 네 운명을 사랑하라." 이 말은 체념이 아니다. 내게 주어진 고통과 시련까지도 내 삶의 일부로 받아들이고, 그것을 연료 삼아 더 높이 뛰어오르라는 가장 적극적인 긍정이다. 지난 10년, 책은 나에게 이 태도를 가르쳐주었다. 나를 죽이지 못하는 고통은 나를 더 강하게 만들 뿐이다.

이제 나는 나를 사랑하는 것을 넘어, 나를 믿는다. 하지만 이 믿음은 "나는 대단한 사람이야"라는 오만과는 다르다. 불과 몇 년 전, 물 한 잔 마시는 것조차 버거워하던 내가 매일의 작은 습관을 쌓아 단단한 일상을 꾸려냈듯이, 보이지 않는 것들의 힘과 내 안의 나를 믿게 된 것이다.

눈에 띄는 성과가 없는 날에도 나는 실망하지 않으려 애쓴다. 오늘 읽은 한 페이지, 오늘 쓴 한 줄이 나를 지탱하고 있음을 아니까. 내 인생을 가로막던 유리 천장은 깨졌다. 더 이상 나를 가로막는 것은 없다. 책이 키워준 이 크고 단단한 마음으로, 나는 오늘도 더 큰 꿈을 향해 뚜벅뚜벅 걸어간다. 매일 조금씩, 하지만 멈추지 않고 나아가는 이 끝없는 성장의 길을.

책여사 코멘트

책을 읽으며 내게 일어난 아주 작고 사소한 변화 한 가지를 떠올려보자. 그게 무엇이든 상관없다. 그 변화부터 아주 큰 성장이 시작될 것이다.

'좋아요'를 부르는 SNS 게시물의 비밀

"책여사 님처럼 사진을 찍으려면 비싼 카메라가 필요한가요?"

"책을 읽고 나면 머리가 하얘져서 쓸 말이 없어요."

취미로 시작한 독서 기록이 '콘텐츠'가 되려면 아주 약간의 기술이 필요합니다. 하지만 겁먹을 필요는 없습니다. 우리는 전문 사진작가가 될 것도, 문학 평론가가 될 것도 아니니까요. 인스타그램 팔로워 15만 '책여사'가 수년간의 시행착오 끝에 터득한 영업 비밀, '최소한의 노력으로 최대의 감성을 뽑아내는 비결'을 공개합니다.

> **STEP 1**   똥손 탈출! 감성 책 사진을 위한 네 가지 법칙

화려한 조명이나 장비는 필요 없습니다. 스마트폰과 책 한 권이면 충

분합니다. 다음 네 가지만 기억하세요. '좋아요' 숫자가 달라집니다.

1. 제발, 렌즈부터 닦으세요

아무리 구도가 좋아도 사진이 뿌옇다면? 십중팔구 렌즈에 묻은 지문 때문입니다. 촬영 전 옷소매로 렌즈를 '쓱싹' 닦는 1초의 습관, 이것이 '선명함'의 90%를 결정합니다.

2. 조명보다 '자연광'이 깡패

형광등 아래서 찍은 사진은 아무리 보정해도 그 특유의 '푸르딩딩하고 칙칙한' 느낌을 지울 수 없습니다. 책 사진의 생명은 따뜻함입니다.

- 골든타임: 집에 해가 잘 들어오는 곳을 찾아보세요. 꼭 집이 아니어도 좋습니다. 좋아하는 카페, 도서관 창가 자리 등 '해 드는 시간'을 파악해두세요. 일반적으로 해가 쨍하게 들어오는 오전 10시~오후 2시 사이입니다.
- 은은한 빛: 햇빛이 책에 바로 꽂히면 그림자가 진하게 져서 글자가 안 보입니다. 이때 얇은 커튼(속커튼)을 치고 찍어보세요. 빛이 은은하게 퍼지면서 스튜디오 조명 같은 효과를 냅니다.

3. 수직과 수평만 맞춰도 '금손'

사진이 어딘가 불안해 보인다면 사진의 수직과 수평이 안 맞을 확률이 높습니다.

- 격자 켜기: 스마트폰 카메라 설정에서 '격자' 기능을 반드시 켜세요. 그러면 화면을 9분할 하는 선이 생깁니다. 책이나 책상의 선을 그 격자 선에 딱 맞추기만 해도 사진의 안정감이 200% 상승합니다.
- 항공샷의 비밀: 위에서 아래로 찍을 때(항공샷), 폰 그림자가 책을 가린다면? 몸을 살짝 뒤로 빼고 2배 줌을 당겨서 찍어보세요. 그림자는 사라지고 책은 왜곡 없이 반듯하게 찍힙니다.

4. 주인공은 '책', 최고의 소품은 '내 손'

예쁘게 찍고 싶은 욕심에 꽃병, 커피, 안경… 온갖 살림살이를 다 꺼내지 않아도 괜찮습니다.

- 원포인트 법칙: 책 표지 색상과 어울리는 소품 딱 한두 개만 곁들이세요. 표지가 초록색이라면 초록 잎사귀 하나, 따뜻한 에세이라면 김이 나는 머그잔 하나면 충분합니다. 여백의 미가 있어야 책이 돋보입니다.
- 손 연기: 마땅한 소품이 없다면? 책 귀퉁이를 살짝 잡거나, 페이지를 넘기는 척 손을 프레임 안에 넣어보세요. 사람의 온기가 더해져 훨씬 따뜻하고 생동감 있는 사진이 됩니다.

STEP 2　'읽씹' 당하지 않는 '세 줄 서평 공식'

사진으로 시선을 끌었다면, 이제 글(캡션)로 마음을 붙잡을 차례입니다. 구구절절한 줄거리 요약은 아무도 읽지 않습니다. 독자가 읽고 싶어 하는 건 책 내용이 아니라 당신만의 감상이니까요. 짧고 강력하게 꽂히는 [Hook—Story—Action] 3단 공식을 활용하세요.

1. Hook: 질문이나 도발로 시작하세요

첫 줄이 지루하면 '더 보기'를 누르지 않습니다. "이 책 참 재미있다" 대신, 호기심을 자극하는 문장으로 시작하세요.

- Bad: "오늘 『아주 작은 습관의 힘』을 읽었다."
- Good: "새해 다짐이 작심삼일로 끝나는 진짜 이유를 아시나요?"
- Best: "10년 전의 나에게 선물하고 싶은 단 한 권의 책!"

2. Story: 책과 나의 교집합 찾기

책의 내용을 요약하려 들지 말고, 그 책이 내 삶의 어떤 부분을 건드렸는지 이야기하는 것이 리뷰의 핵심입니다.

- 적용: "저자는 습관이 의지의 문제가 아니라 시스템의 문제라고 말한다. 나는 이 문장을 읽고 무릎을 쳤다. 지난달 내가 헬스장에 기부만 하고 안 나간 건 내 탓이 아니었구나!(웃음) 의지박약인 나를 탓하

는 대신, 물 한 잔 마시는 것부터 다시 시작하기로 했다.”
- Tip: 마음에 와닿았던 '문장 수집(인용)'을 한두 개 섞으면 글의 품격이 올라갑니다. 단, 너무 많이 나열하면 지루하고 성의 없게 느껴질 수 있으니 주의하세요.

3. Action: 독자를 참여시키기

혼자 끝내지 말고, 마지막엔 공을 독자에게 넘기세요. 댓글을 유도하는 질문이 '소통'의 시작입니다.

- 적용: “여러분은 올해 꼭 만들고 싶은 습관이 있나요? 댓글로 선언해주시면 제가 응원하러 갈게요!”
- 멘탈 관리: 아무도 댓글 안 달까 봐 걱정되는 거 압니다. 그럴 땐 대담한 마음을 가지세요. 어차피 쏟아지는 피드와 릴스 속에서 내 짧은 이야기는 금방 묻힐 것이니 '에라 모르겠다, 아님 말고!'를 시전해도 괜찮습니다.

> **Bonus Tip　책여사의 '치트키'**

1. 해시태그의 기술

#책스타그램 같은 대형 태그도 좋지만, #책제목 #저자이름 #출판사를 태그하는 것이 더 실속 있습니다. 해당 출판사나 작가님이 내 글을

보고 '좋아요'를 누르거나 리그램(공유)해 갈 확률이 높기 때문입니다. 이것이 '성덕'이 되는 지름길입니다.

2. 몰아서 찍기

직장인이 매일 감성 사진을 찍는 건 불가능합니다. 해가 좋은 주말, 읽은 책 3~4권의 사진을 미리 몰아서 찍어두세요(릴스 촬영도 마찬가지!). 사진첩에 '재고'가 쌓여 있으면 평일에 글만 쓰면 되니 업로드가 훨씬 쉬워집니다.

3. 꾸준함이 생명

사진이 좀 못나도, 글이 좀 서툴러도 괜찮습니다. 가장 중요한 건 '계속하는 것'입니다. 매일 한 줄이라도 기록하다 보면, 어느새 당신의 피드에는 당신만의 고유한 세계가 쌓여 있을 것입니다.

자, 이제 스마트폰을 들고 책상으로 가봅시다. 당신의 책상 위에 놓인 그 책이, 누군가의 인생을 바꿀 한 문장이 될지도 모릅니다. 그럼 (렌즈 닦고) 찰칵!

5장   읽기의 세계에서 쓰기의 세계로

읽는 사람에서 쓰는 사람으로

책을 읽다 보면 어느 순간 문장이 나를 가만히 바라보는 것처럼 느껴질 때가 있다. 그럴 때면 마치 활자가 내 안으로 스며드는 것만 같다. 어쩐지 그 활자들이 내 이야기를 먼저 알고 있었던 것처럼 새로운 의미로 다가온다. 나를 가만히 바라보던 문장은 이내 내게 말을 걸기 시작하고, 나는 그 물음에 밑줄로 대답한다. 그렇게 여백에 연필 자국이 가득해지면, 비로소 나는 책을 제대로 읽고 있다고 느낀다. 그런 순간이 잦은 책일수록 책과의 거리는 더욱 가까워진다. 그때마다 독서는 단순한 정보 습득이 아니라 감정의 교류라는 것을 다시 생각하게 된다. 현존하는 작가든, 오래전 세상을 떠난 작가든 크게 다르지 않다. 우리는 책을 매개로 시대를 넘어 감정을 주고받는다. 책을 읽는다는 건 누군가의 문장을 이해하는 일일 뿐 아니라, 그 문장을 통해 나를 이해하는 일이기도 하다. 그렇기에 읽는 사람이 쓰는 사람이 되는 것은 자연스러운 일이다. 미처 글로 옮겨지지 않았던 내 안의 얼어붙은 바다도 아름다운 문장을 만나 '쓰기'의 세계로 옮겨졌다.

처음 출간 제안을 받았을 때도 나는 여전히 쓰는 사람이 아니라 '읽는 사람'이었다. '책여사'라는 이름으로 수많은 책을 소개해왔지만, 정작 내 이야기를 내 문장으로 써본 적은 거의 없었다. 표지에 내 이름이 인쇄된 책이라니, 상상조차 되지 않았다. '세상에 이렇게 좋은 책과 작가가 이미 많은데, 나 따위가 무슨 책이지?' '나무에게 미안할 짓을 하지 말자.' 흔한 자기비하로 위장한 합리화는 어쩌면 당연한 수순이었다. 그저 책을 소개하는 사람으로 남아도 충분하다고 생각하며, 두 번의 출간 제안을 고사했다.

그런데 세 번째 제안을 받았을 때는 마음이 조금 달라졌다. 두 번의 출간 제안을 거절했을 때도 마음 한켠으로는 '언젠가는…'이라는 막연한 바람이 있었다. 60대 혹은 70대쯤, 충분히 읽고 내공이 쌓이면 언젠가 글을 쓰게 될지도 모른다는 생각이 있었던 것이다. 그 희미한 자기 확신이 세 번째 제안에 기꺼이 현혹되었다. 어쩌면 잘해낼지도 모른다는 희망이 싹텄다. 그 싹은 이내 달콤한 향을 내는 풍선껌처럼 부풀어 올랐다. 출판사도 내 글이 팔릴 만하다고 생각했으니 나를 설득한 거겠지. 당시에도 팔로우가 10만은 넘었으니 시장성이 충분하다고 판단했을지도 모른다. '10만의 1퍼센트면 천 부, 10퍼센트면 1만 부. 나 이러다 베스트셀러 작가 되는 거 아니야?' 출판사는 책을 팔아 좋고, 나는 '작가'라는 타이틀을 얻게 되니 좋고. 완벽한 윈윈이라 생각했다.

그렇다. 너무 거만했다. 너무 거침없었다. 심지어 나는 글쓰기를 제대로 배워본 적도 없었다. 배워야만 글을 잘 쓰는 건 아니겠지만 아무리 그래도 글쓰기 경험이 너무 부족했다. 그 흔한 일기도 초등학교 6학년 겨울방학 이후로 써본 적이 없었다. 하지만 출간 계약은 생각보다 빠르게 진행되었고 정신을 차려 보니 모니터에 계약서를 띄워둔 채 깜빡이는 커서를 멍하니 바라보고 있었다. 나는 아직 아무 준비도 되어 있지 않은데 과연 책을 쓸 수 있을까? A4 한 장, 2천 자도 써본 적 없는 내가 수백 페이지의 책을 어떻게 완성한단 말인가. 그것도 내 이야기를. 울고 싶을 만큼 막막해졌다. '왜 그때 그렇게 쉽게 도장을 찍었을까.' 과거의 내가 벌써 원망스러웠다.

'첫 출간'이라는 영광도 잠시, 설렘보다 걱정이, 기쁨보다 두려움이 앞섰다. 제대로 시작하기도 전에 '잘할 수 있을까?'라는 질문이 마음속에서 계속 고개를 들었다. 읽을 때는 가볍기만 했던 손이, 이제는 낯설고 무겁게만 느껴졌다. 읽는 일은 세상을 향해 마음을 여는 일이었지만, 쓰는 일은 나 자신을 향해 눈을 돌리는 일이었다. 타인을 이해하는 일보다 스스로를 이해하는 일이더 어려웠던 내게, 글쓰기란 쉽사리 닿을 수 없는 먼 산처럼 느껴졌다.

편집자님의 격려와 응원을 받으며 초고를 써 내려가면서도 '나는 왜 자꾸만 걱정의 늪에서 헤어 나오지 못할까' 하는 생각이 들었다. 사실은 두려웠던 것이다. 내가 쓴 글이 누군가에게 실망이 되지 않을까, '책여사'라는 이름 뒤에 숨은 나의 부족함이 드러나지 않을까. 그러던 어느 날 문득, 세상에 존재하는 수많은 작가를 떠올렸다. 그들에게도 첫 책이 있었을 것이다. 누구나 아는 대단한 작가들도 첫 책을 쓸 때는 나와 같은 두려움을 겪지 않았을까. 어쩌면 책이 사랑받을수록 더 큰 부담과 싸워야 했을지도 모른다. 그 생각에 마음이 조금 편안해졌다. 완벽하지 않아도 괜찮다. 멋진 글은 애초에 기대하지 말자. 최소한 진심을 담은 글을 써보자. 그렇게 마음을 다잡았다.

1년이 넘는 시간 동안 쓰고 고치고, 때로는 방치하며 초고를 완성했다. 편집자님께 '초고'라는 무거운 바통을 건네고 나서야 잠시 숨을 고를 수 있었다. 한동안 읽고 싶은 책을 실컷 읽고, 출판사들로부터 오는 신간 제안도 기쁘게 검토했다. 그러던 중 한 권의 책을 만났다. 프롤로그부터 심장이 쿵쾅거렸고 코끝이 저릿했다. 이렇게 담담하게, 솔직하게, 따뜻하게, 그리고 뜨겁게 글을 쓰는 사람이 있다니. 책을 완독한 그날로 작가의 강연 일정을 검색하고 포럼 신청서를 작성했다. 부산에서 서울로 향하는 열차표를 예매하며 웃는 얼굴로 혼잣말을 중얼거렸다. '이게 운명이 아니면 뭐겠어.'

그 책은 한강 작가님의 노벨문학상 수상을 예견한 것으로 잘 알려진 어딘(김현아) 작가님의 신간 『격 없는 우정』이었다. 포럼 이후 본격적으로 글쓰기를 배우기 위해 어딘 작가님이 운영하는 모임에 참여하기로 했다. 줌으로 진행되는 온라인 글방이어서 부산에 사는 나로서는 그저 감사할 따름이었다. 너무 늦은 걸까, 이제라도 괜찮을까. 여러 생각이 머릿속을 어지럽혔지만 이내 마음을 다잡았다. 지금이 최적기라는 믿음을 억지로 세웠다. 내 마음과 생각을 글로 표현하는 일을 이제라도 제대로 배우고 싶었다. 짧은 시간에 글이 드라마틱하게 좋아질거라는 섣부른 기대는 하지 말자. 다만 10년 전 처음 책을 펼치던 마음으로 글쓰기를 다시 바라보자. 글쓰기도 10년쯤 하다 보면 지금보다 조금은 더 나아지겠지. 그런 믿음으로 나를 다독였다.

10년 전, 책을 읽기 시작한 덕분에 나는 수없이 위로받았다. 그래서 바란다. 내가 쓴 한 문장이 단 한 사람의 하루에 아주 조금이라도 온기를 보탤 수 있기를. 그런데 이상하다. 낯익은 기시감. '조금 더 나은 사람이 되고 싶다'라는 마음으로 책을 펼치던 과거의 내가, 결국 책을 읽고 소개하는 일을 업으로 삼게 되었듯이, 지금의 나는 아무것도 모른 채 글쓰기를 시작한다. 그리고 솔직히 고백하자면, 내 마음 한쪽에서는 여전히 풍선껌이 몰래 부풀어 오른다. '혹시 10년 뒤의 나는… 정말로 베스트셀러 작가가 되어 있을지도?' 하고. 그래도 이번엔 예전처럼 껌을 한입에 욕심껏 부풀리진 않겠다. 달콤함은 즐기되 허세는 빼고, 오늘의 한 문장을 천천히 불어보겠다.

매일 자기 전 읽은 책에 대한 감상이나 오늘 하루를 나만의 기록으로 남겨보면 어떨까.

엉망진창 초고가 답이다

모든 첫 문장은 두려움에서 태어난다.

-나탈리 골드버그, 『뼛속까지 내려가서 써라』(한문화, 2018)

앞에서 제대로 된 글쓰기 경험은 없다고 엄살을 부렸지만, 사실 나는 평소에도 꽤 많은 글을 쓴다. 눈 뜨자마자 울리는 '카톡'에 답장을 보내고, 업무 메일을 쓰고, 인스타그램에 올릴 글귀를 다듬는다. 하루에 쓰는 글자 수를 따지면 웬만한 단편소설 분량이 될지도 모른다. 하지만 책 한 권을 묶어내는 '작가'로서의 글쓰기는 완전히 다른 차원의 공포였다. 마치 평생 동네 개천에서 물장구치던 사람에게, 갑자기 구명조끼 하나 없이 태평양을 건너보라고 등을 떠미는 기분이랄까.

'소설도 아니고 내 이야기를 쓰는 건데, 그냥 솔직하게 쓰면 되는 거 아냐?' 가제와 목차를 잡아가며 '이 정도면 충분히 쓸 수 있겠다'라고도 생각했다. 그런데 막상 노트북 앞에 앉으니 그 '솔직하게'라는 단어가 얼마나 깊은 함정인지 깨닫는 데는 그리 오랜 시간이 걸리지 않았다. 콘텐츠 크리에이터에서 한 권의 책을 짓는 작가가 된다는 것은 전혀 다른 중력의 세계로 진입하는 일이었다. 책을 쓴다는 것은 휘발되는 가벼운 글쓰기에서 벗어나, 내 삶의 가장 무거운 것들을 활자로 꾹꾹 눌러 담아야 하는 엄청난 밀도를 견디는 일이었다.

가장 먼저 맞닥뜨린 어려움은 '기억의 공백'이었다. 기록하는 습관 없이 살아온 내 머릿속엔 지난 10년의 디테일이 텅 비어 있었다. "그때… 내가 무슨 생각을 했더라? 그때 공기가 어땠더라?" 아무리 기억을 쥐어짜도 흐릿한 잔상만 떠오를 뿐이었다. 과거의 나를 소환하려 애쓰는 과정은 마치 뿌연 안갯속을 헤매는 것 같았다. 이때 뼈저리게 느꼈다. 쓰는 사람은 기억하는 사람이 아니라, 기록하는 사람이어야 한다는 것을. 뭐라도 한 줄 남겨두지 않은 과거의 게으른 나를 탓하며, 희미한 안개 속에서 기억의 조각들을 맞춰나가야 했다.

두 번째, '어디까지 기억해낼 수 있을까'를 지나자 '어디까지 솔직해야 할까'라는 진짜 난관이 나타났다. 지난 10년 중 절반을 차지하는 엄마와의 애증 섞인 시간은 가장 쓰기 어렵고, 조심스러운 소재였다. 급기야 '어차피 엄마는 책 안 읽으실 거야'라는 비겁한 합리화를 하며 뒤로 숨고 싶었지만, 곧 마음을 고쳐먹었다.

이 책은 단순한 하소연이 아니라, '책을 읽으면 관계를 바라보는 시선조차 달라질 수 있다'라는 것을 보여주는 성장의 기록이어야 했기 때문이다. 나의 가장 아픈 부분조차 누군가에게는 길잡이가 될 수 있음을 받아들이고 나서야, 비로소 '엄마'라는 단어를 똑바로 마주할 용기를 낼 수 있었다.

하지만 무엇보다 괴로웠던 것은 바로 나 자신의 '오만'이었다. 처음 글을 쓰기 시작했을 때, 성실함에 대한 근거 없는 자부심이 있었다. '일주일에 1꼭지만 써도 한 달이면 4꼭지, 6개월이면 책 한 권 뚝딱이겠군!' 하하하. 이런 오만 덩어리! 오산도 이런 오산이 없다. 일찍이 수포자였던 나는 숫자뿐만 아니라 한 치 앞 미래도 계산하지 못했다. 처음에는 4,000자를 메우기는커녕 400자를 쓰기도 버거웠다. 결국 마음속 '빨간 모자 조교'를 소환할 수밖에 없었다. 나는 제대를 간절히 바라는 말년 병장이 되어 스스로를 혹독하게 굴리기 시작했다.

내가 꿈꾸던 감수성 풍부한 '작가 자아' 따위는 쓰레기통에 버렸다. 오직 '상명하복'만이 살길이었다. 글이 안 써져서 미쳐버릴 것 같을 때 이 방법이 큰 힘이 되었다. 나는 이 방법을 '빨간 모자 조교의 3단계 생존 글쓰기'라고 부른다. 이것은 글쓰기 팁이라기보다, 내가 나를 지키며 끝까지 가기 위한 생존 전략이었다.

1단계, 뇌를 끄고 손만 움직인다

글이 막힐 때 내가 쓰는 방법은 '타이머'를 켜는 것이다. 딱 20분만 맞추고, 그 시간 동안은 멈추지 않고 타자를 친다. "방금 쓴 문장이 아름다운가?" 따위는 생각하지 않는다. 문장이 이어지지 않으면 그냥 지금 내 상태를 쓴다. '아, 진짜 쓰기 싫다. 배고프다. 냉장고에 귤이 있던가? 아니야, 쓰자. 써야 해. 무슨 말이라도 써보자. 귤, 귤, 귤껍질 같은 문장이라도…' 정말 이렇게 쓴다. 신기하게도 그렇게 헛소리라도 타닥타닥 치다 보면, 어느 순간 멈췄던 뇌가 다시 작동하며 진짜 문장이 나오기 시작한다.

우리의 뇌는 '창작 모드'와 '비평 모드'가 동시에 작동하지 못한다. 쓰면서 동시에 판단하려고 하면 과부하가 걸린다. 비평은 나중에 해도 늦지 않다. 처음에는 일단 백지를 검은 글자로 채우는 '막노동'에 집중해야 한다.

2단계, 백미러를 보지 않고 직진한다

운전 초보가 가장 많이 하는 실수가 자꾸 뒤를 확인하는 것이다. 글쓰기도 마찬가지다. 앞 문장이 마음에 안 든다고 자꾸

되돌아가서 고치려다 보면, 영영 결론에 도달하지 못한다. 소위 '퇴고의 늪'에 빠져 죽는 것이다.

한 문장을 썼다면, 뒤돌아보지 말고 앞으로 나가야 한다. 맞춤법이 틀려도, 비문이 나와도, 논리가 엉망이어도 무조건 '다음 문장'으로 돌격한다. 어제의 엉망인 문장은 내일의 나(이성적인 편집자 자아)에게 맡기고, 오늘의 나(감성적인 작가 자아)는 오직 끝을 향해 달리기만 하면 된다. 책을 읽으며 배웠다. 어떤 명작도 첫 문장부터 완벽하게 쓰이지 않았음을. 대문호인 헤밍웨이조차 "모든 초고는 걸레다"라고 말하지 않았던가. 그러니 지금의 엉망진창인 초고를 부끄러워하지 않기로 했다. 끝까지 가면, 고칠 기회는 반드시 온다.

3단계, 전송 버튼은 '폭파 버튼'이다

아무리 고쳐도 글이 마음에 들지 않는다면? 그래도 눈 딱 감고 전송(발행) 버튼을 눌러라. 마치 폭탄의 스위치를 누르듯이. 엔터 키를 누르는 순간, 그 글은 더 이상 고민거리가 되지 못한다. 내 손을 떠난 글을 붙들고 있어 봤자 고통만 길어진다.

나는 이 과정을 통해 '완벽주의'라는 허상을 깨트렸다. 15만 팔로워도 내가 완벽해서 모인 게 아니다. 비록 부족하더라도 있는 모습 그대로 매일 '꾸준히' 소통했기 때문에 모인 것이다. 때로는 엉성한 글이 더 많은 공감을 받기도 했다. 독자들은 완벽한 교과서가 아니라, 흔들리며 나아가는 사람의 이야기에 더 마음을 여니까.

그렇게 두 번 다시 만나지 않을 것처럼 세상에 뿌려놓은 글들이 쌓여 초고가 완성되었다. 허탈하고 뿌듯했다. 오랜 방치 끝에 다시 꺼내 본 초고는 생각보다 형편없지 않았다. 아니, 꽤 괜찮았다. 그 엉성한 문장들 사이사이에서, '도망치지 않고 버텨낸 나'의 모습이 보였기 때문이다.

글을 쓴다는 건, 문장을 다듬는 기술이 아니라 내 마음을 다루는 일이었다. "오늘은 여기까지"라고 도망치지 않고, 엉망인 문장이라도 끝까지 붙들고 늘어지는 힘. 그것은 타고난 재능이 아니라, 지난 10년 독서를 통해 내가 얻은 '성실함'이라는 근육이었다. 아주 오랫동안 조금씩 길러온 읽는 힘이 곧 쓰는 힘이 되어 나를 지탱해주고 있었다.

그러니 오늘도 나는 다시 노트북을 연다. 새하얀 빈 창, 깜빡이는 커서를 노려보며. 잘 쓴 글이 아니라, 끝까지 쓴 글을 만나기 위해. 혹시 당신의 모니터 속 커서도 하염없이 깜빡이고만 있다면, 부디 두려워 말고 그저 손을 올려두기를 바란다. 완벽하지 않아도, 조금 엉성해도 괜찮다. 오히려 그 틈새와 엉성함이 당신의 글을 가장 당신답게, 그리고 인간답게 만들어줄 테니까.

누구에게나 처음은 있다. 그리고 그 처음은 엉망일수록 더

아름답다. 자, 이제 당신의 차례다. 시작해보자. 아주 엉망인,
그래서 더 사랑스러운 당신만의 첫 문장부터.

과거에 써둔 글을 아주 조금 고쳐보자. 처음보다 훨씬 훌륭
한 글이 되어 있을 것이다.

레몬트리에게 배운 덜어냄의 미학

우리 집 베란다, 냉장고와 고양이 화장실 사이 좁은 틈에는 몇 년째 '죽지 못해 사는' 레몬트리 한 그루가 있다. 유튜브 알고리즘이 이끄는 대로 보게 된 영상 속 햇살 가득한 지중해 주택의 풍경에 홀려 덜컥 데려온 녀석이다. 식물 킬러인 내 무관심 속에서도 끈질기게 살아남은 녀석은(물론 8할은 남편의 지극정성 덕분이다), 최근 기적처럼 여남은 개의 열매를 맺었다.

"지혜야! 이것 봐! 레몬이 열렸어! 대박이야!"

남편의 호들갑에 달려가보니, 쌀알만 한 초록색 열매들이 조롱조롱 매달려 있었다. '우리 집에도 드디어 레몬이 열리는구나!' 입안에 침이 고일 만큼 상큼한 기대감이 차올랐다.

하지만 기쁨도 잠시, 열매들은 며칠 후부터 힘없이 툭, 툭 바닥으로 떨어지기 시작했다. 아침에 일어나 베란다에 나가면 어김없이 초록색 열매 몇 알이 바닥에 뒹굴고 있었다. 심지어 우리 집 고양이 무어가 새끼손톱보다 작은 아기 레몬을 축구 공 삼아 굴리고 있는 게 아닌가. 무어의 발재간은 귀여웠지만, 노란 레몬을 기대했던 나는 아쉬움을 감추기 어려웠다. '역시, 우리 집에서 레몬은 무리인가….' 나는 실망감을 안고 쉽게 마음을 접었다.

그런데 몇 주가 지났을까. 무어의 화장실을 치우다 놀라운 광경을 목격했다. 레몬트리 가지 끝에 단단히 매달린 네 개의 열매가 전과는 비교도 안 될 속도로 통통하게 살을 찌우고 있었다. 녀석은 스스로 약한 열매들을 버리고, 집중해야 할 '진짜'만 남겨둔 것이다. 그 순간, 머릿속에 번개처럼 스치는 구절이 있었다. 게리 켈러의 『원씽』에 나오는 문장이었다.

사람들은 일의 양에 따라 성과가 쌓이기를 바라는데, 그렇게 하려면 더하기가 아닌 빼기가 필요하다.

레몬트리는 좁은 베란다에서 얻을 수 있는 한정된 햇볕과 물로 모든 열매를 다 키울 수는 없다는 사실을 이미 알고 있었는지도 모른다. 크고 단단한 결실을 맺기 위해서는 아깝더라도 나머지를 과감히 버려야 한다는 사실도. 열매를 지키지 못해 '실패'한 것이 아니라 '최상의 결과'를 얻기 위해 스스로 열매를 떨쳐내는 탁월한 선택을 한 것이었다. 등줄기에 전율이 일었다. 나는 그동안 늘 '탁월한 사람'이 되고 싶었다. 내가 생각한 탁월함이란, 좋아하는 책도 많이 읽고, 인스타그램도 잘하고, 글도 잘 쓰고, 돈도 잘 벌고, 관계도 완벽한 '슈퍼우먼'이 되는 것이었다. 욕심껏 모든 가지에 열매를 매달고는, 왜 내 열매들은 이토록 작고 보잘것없느냐며 스스로를 채찍질하고 있었다. 그야말로 가지치기를 모르는 욕심쟁이 농부였다.

레몬트리 앞에 풀썩 앉아 스스로 질문했다. '지금 내 인생에서 톡, 톡 떨구어내야 할 건 뭘까?' 그리고, '끝까지 붙들고 통통하게 살찌워야 할 단 하나의 레몬은 뭘까?' 답은 명확했다. 읽는 척, 쓰는 척하는 겉치레를 버리고, 진짜 깊이 읽고 진심으로 쓰는 삶. 그것이 내가 선택한 단 하나의 열매였다. 그렇게 결심이 서자, 쳐내야 할 삶의 가지들이 보이기 시작했다.

가장 먼저 잘라낸 가지는 '밤의 유희'였다. 퇴근 후 소파에 누워 넷플릭스 시리즈를 정주행하던 달콤한 시간, 의미 없이 스마트폰 스크롤을 내리며 타인의 삶을 훔쳐보던 시간을 툭, 툭 끊어냈다. '모임에 빠지면 소외되지 않을까?' 하는 불안감 때문에 억지로 나갔던 저녁 약속들도 과감히 정리했다. 아쉽지 않았느냐고? 물론 아쉬웠다. 하지만 그 무성한 가지들을 쳐내지 않으면, 내 삶의 진짜 열매인 '읽고 쓰는 시간'에 볕이 들지 않는다는 걸 알았기에 눈을 질끈 감았다.

　그렇게 쳐낸 빈자리에 나만의 '루틴'을 만들어갔다. 새벽 5시에 눈을 뜨면, 가장 먼저 스트레칭과 양치질을 하고 미지근한 물 한 잔을 마신다. 이 단순한 의식이 몸을 깨운다면, 영혼을 깨우는 것은 그 뒤에 이어지는 시간이다. 대충 옷을 챙겨 입은 뒤, 운동화를 신고 집을 나선다. 아직 세상이 소란해지기 전, 차가운 새벽 공기를 마시며 20분쯤 걷는다. 걷는 동안에는 스마트폰을 보지 않는다. 타인의 화려한 일상을 훔쳐보는 대신, 내 안의 소리를 듣기 위해서다. 어제 읽은 문장들이 발걸음에 맞춰 리듬을 타고 떠오르기도 하고, 오늘 써야 할 글의 첫 문장이 불쑥 튀어나오기도 한다. 사실 아무것도 떠오르지 않는 날도 부지기수다. 그래도 괜찮다. 그저 일어나기로 한 시간에 일어났다는 사실, 무거운 몸을 이끌고 나왔다는 사실로도 충분하다. 오늘 하루를 '나와의 약속'을 지키면서 시작했다는 것, 그것으로 이미 하루의 승리는 내 것이 된다. 번뜩이는 아이디어는 그저 고마운 덤일 뿐이다.

　산책에서 돌아오면 비로소 책상 앞에 앉는다. 예전에는 책을 '해치우듯' 읽었다. 빨리 읽고, 사진을 찍어 SNS에 올리고, '완독'이라는 도장을 찍기 위해서였다. 리뷰를 쓰는 일도 마치 마감에 쫓겨서 하는 업무처럼 느껴졌다. 하지만 이제는 다르다. 먼저 어젯밤 적어둔 오늘의 일정을 살핀다. 하루의 흐름을 상기한 후 감사할 거리 두세 가지와 긍정 확언 한 줄을 쓴다. 사각사각. 연필과 펜 굴러가는 소리가 고요한 방 안에 울리면 마음이 차분해진다. 3B 연필 흑심의 냄새가 코끝을 스치면, 마치 숲속에 들어온 듯한 기분이 든다. 연필과 책이 되어준 나무에 감사하며 책을 펼친다. 그리고 한 꼭지를 진지한 마음으로 읽는다. 마음에 드는 문장을 만나면 밑줄을 긋고, 여백에 내 생각을 적는다. 때로는 그 문장을 노트에 옮겨 적기도 한다. 눈으로 읽을 때는 미처 보지 못했던 문장의 결이 손끝을 타고 전해진다.

최근 내 새벽을 함께했던 책은 제임스 앨런의『제임스 앨런의 법칙』이다. 새벽에는 감상적인 글보다 나를 일으켜 세우는 에너지가 담긴 책을 펼친다. "매 순간이 선택의 시간이고, 매시간이 운명인 이유다." 결국 내가 선택한 시간의 합이 내 인생을 이룬다는 이 문장은 새벽 시간을 붙잡기로 한 내 선택을 강력하게 지지해준다. 이런 하루를 시작했는데, 어떻게 삶이 탁월해지지 않을 수 있겠는가. 이 시간만큼은 나는 누구의 아내도, 15만 팔로워의 인플루언서도 아니다. 그저 읽고 쓰는 한 사람일 뿐이다. 숨 가쁜 SNS 피드의 속도에서 벗어나, 나만의 속도로 숨을 고르는 이 고요한 루틴이 나를 지켜준다. 불안이 파도처럼 밀려오는 날에도 내가 매일 아침 마주하는 책의 곧은 등에 내 등을 맞대어본다. 책과 만나며 곧아진 단단한 마음으로 나는 또 하루를 버틸 힘을 얻는다.

　누군가는 말할지도 모른다. 고작 책 읽고 글 쓰는 것으로 무슨 대단한 탁월함에 이르겠느냐고. 아리스토텔레스는 "탁월함은 습관"이라고 말했다. 매일 반복하는 행동이 나를 만든다는 의미일 테다. 레몬트리 앞에서의 깨달음은 여기서 한발 더 나아가게 해주었다. 진정한 탁월함은 무작정 반복하는 것이 아니라, 가장 중요한 것을 위해 나머지를 기꺼이 포기하는 용기에서 시작된다는 것을 알게 된 것이다. 삶은 단순히 시간을 채우는 과정이 아니라, 불필요한 것들을 과감히 쳐내는 과정에서 완성된다.

　레몬트리가 튼실한 네 개의 열매를 맺기 위해 십수 개의 열매를 버렸듯, 나 또한 '쓰는 삶'을 위해 불필요한 약속을 줄이고, 밤늦은 유희를 멀리하고, 타인의 시선을 쳐내려 애쓴다. 그 대신 그렇게 비워진 시간을 매일 읽기와 쓰기로 채웠을 때의 충만함을 마음껏 누린다.

　사실 아직 새벽에 일어나는 게 쉽지만은 않고, 일어나지 못하는 날도 있다. 그럼에도 나는 스스로 탁월한 사람이라고 생각한다. 모든 것을 다 잘해서가 아니라, 지금 나에게 소중한 것이 무엇인지 알고 그것을 선택할 줄 알게 되었기 때문이다. 작은 책상 위에서, 오늘도 나는 나만의 노란 레몬을 키워가고 있다. 덜어내야 비로소 채워지는 것들. 깊이 읽고 진심으로 쓰는 삶. 여러분의 삶에서도 톡, 톡 떨어져 나가야 할 것들은 무엇인가? 그 빈자리에 여러분만의 단단한 열매가 맺히기를. 그것이면 충분하다.

지금 내 인생에서 떨어내야 할 부분은 무엇일까?

다시,
첫 페이지를
넘기며

3월의 어느 날, 여느 때처럼 무거운 몸을 일으켜 산책에 나설 때였다. 벚나무들이 꽃샘추위에도 아랑곳하지 않고 빠르게 꽃잎을 터뜨렸다. 집 앞 도로는 이미 팝콘처럼 터진 벚꽃으로 가득했다. 불과 며칠 전까지만 해도 앙상한 가지뿐이었는데, 언제 이렇게 세상을 하얀빛과 분홍빛으로 물들였는지. 만개한 벚꽃 터널을 걸으며 생각했다. '아, 봄이구나. 내가 가장 사랑하는 계절이 왔구나.' 하지만 그 화려함은 야속하리만큼 짧았다. 며칠 뒤 내린 봄비에 꽃잎은 힘없이 바닥으로 곤두박질쳤다. 빗물에 젖어 으깨진 꽃잎을 보며 괜히 서글퍼졌다. 내 인생의 화양연화도 저렇게 짧게 스쳐 지나가는 건 아닐까 하는 불안감이 스쳤기 때문이다.

그런데 벚꽃이 진 그 자리 너머에, 더 진한 핑크빛 철쭉이 피어오르기 시작했다. 언제부터 거기에 있었는지도 몰랐던 덤불에서 진분홍, 연분홍, 하얀 꽃망울이 팡팡 터져 나왔다. 벚꽃이 하늘을 향해 손을 뻗는 꽃이라면, 철쭉은 땅을 향해, 사람들의 무릎 높이에서 다정하게 말을 거는 꽃이었다. 벚꽃에게는 벚꽃의 시간이 있고, 철쭉에게는 철쭉의 시간이 있다. 같은 나무에서도 양지바른 곳의 가지와 그늘진 곳의 가지는 꽃을 피우는 속도가 다르다. 어느 날은 나뭇가지가 아닌 줄기에서 삐죽 피어오른 꽃을 보고 어리둥절해하면서도, 막무가내로 피어난 듯한 그 꽃 한 송이에 나를 대입해본 적도 있지 않았던가. '그래, 나란 꽃도 언제 어디에서 필지 모르지.' 나는 줄기에 돋아난 그 엉뚱하고 기특한 꽃을 가만히 쓰다듬었다.

사실 이런 이치는 책을 통해 이미 수없이 읽었던 내용이다. '모든 꽃에는 저마다의 때가 있다', '각자의 속도로 살아라' 같은 문장에 밑줄도 여러 번 그었다. 하지만 머리로만 알고 있던 그 문장이, 눈앞에서 벚꽃이 지고 철쭉이 피어나는 광경을 목격한 순간, 비로소 내 마음속에서 생생하게 되살아났다. 무의식 깊은 곳에 잠들어 있던 책 속의 문장들이, 계절의 변화라는 풍경을 만나 '팡' 하고 터져 나온 것이었다. 책은 그렇게 내 안에 숨죽여 있다가, 삶의 어느 순간에 다시 피어나 나를 일깨워주었다.

　나라는 사람의 개화 시기는 언제일까. 10년 전, 스물아홉의 나는 혹독한 겨울 한가운데 서 있었다. 친구들은 하나둘 자리를 잡아가는데, 나만 잎사귀 하나 없는 앙상한 가지 같았다. 서른을 코앞에 두고 무엇 하나 이룬 것 없이 멈춰 서버렸다는 자괴감, 이대로 영영 뒤처질지도 모른다는 불안감이 매일 밤 나를 짓눌렀다. "내 인생에도 과연 봄이 오긴 할까?" 스스로에게 묻고 또 물어도 돌아오는 건 차가운 침묵뿐이었다. 그때 많은 책이 꽁꽁 언 내 마음에 작은 숨구멍을 틔워주었다. 지금은 제목도 기억이 나지 않는 수많은 책을 그저 닥치는 대로 읽었고, 닥치는 대로 위로받았다. 하지만 그 책들이 전해준 온기만은 선명하게 남아 있다. 책 속의 문장들이 내게 이렇게 속삭여주는 것만 같았다. "괜찮아. 너는 늦은 게 아니야. 너만의 뿌리를 내리는 중이야."

　그렇게 책을 읽으며 10년이라는 시간을 보냈다. 남들이 보기엔 그저 가만히 앉아 책장을 넘기는 고요한 시간이었을지 모른다. 하지만 내 안에서는 치열한 계절의 변화가 일어나고 있었다. 타인의 문장을 양분 삼아 메마른 감정에 물을 주고, 삐뚤어진 생각의 가지를 쳐내고, 단단한 껍데기를 깰 준비를 하고 있었다. 그리고 이제 비로소, 나는 '쓰는 사람'이라는 작은 꽃망울 하나를 조심스럽게 터뜨려보고 있다. 읽는 일이 나 혼자 뿌리를 내리는 시간이었다면, SNS를 통해 그 감동을 나누는 일은 서로의 잎사귀를 비비며 다정하게 안부를 묻는 인사였다. 지금까지 인스타그램과 독서 모임을 통해 만난 수많은 '책 친구'가 그것을 증명한다. 얼굴 한 번 본 적 없는 우리가, 단지 같은 책을 읽었다는 이유만으로 서로의 안부를 묻고 밤새워 인생을 이야기했다.

나는 아직도 감사한다. 혼자라고 느꼈던 어느 새벽, 인스타그램에 올린 책의 한 구절에 찍히던 '좋아요'의 숫자들에. 그것은 단순한 숫자가 아니었다. 이 넓은 세상 어딘가에, 나처럼 잠 못 이루고 깨어 있는 누군가가 보내오는 '불빛'이었다. "나도 지금 깨어 있어. 나도 그 문장에 마음이 베였어." 말하지 않아도 들리는 그 조용한 신호 덕분에 더 이상 외롭지 않았다. 책을 읽는다는 건 나만의 동굴을 파는 고독한 일인 줄 알았는데, 알고 보니 우리는 땅속 깊은 곳에서 거대한 망으로 촘촘히 연결되어 있었다. 마치 숲속의 나무들이 겉으로는 서로 떨어져 있어도, 보이지 않는 어두운 흙 아래에서 가느다란 균사들을 통해 서로의 손을 꼭 잡고 있듯이. 우리는 보이지 않는 길을 통해 서로에게 영양분을 건네고, 깊은 안부를 묻고 있었다.

우리는 서로의 얼굴도 모르고 사는 곳도 다르지만, 같은 문장을 읽으며 같은 순간에 울고 웃는다. 아니, 어쩌면 우리는 다른 시간에 살면서도 같은 문장 위에서 만나는 것인지도 모른다. 수 세기를 뚫고 살아남은 문장들이, 100년 전의 누군가를 울렸듯 지금의 나를 울리고 먼 훗날 당신의 마음까지 흔들 테니까. 시공간을 초월해 서로의 마음을 잇는 이 기적 같은 연결 안에서, 우리는 결코 혼자가 아니다. 내가 책을 통해 받은 위로를 나누고 싶어 시작한 일이었는데, 돌아보니 내가 받은 위로가 훨씬 더 컸음을 고백한다. 우리는 서로가 서로에게 햇볕이 되어주고, 비바람을 막아주는 나무가 되어주었다.

이제 나는 조금 더 큰 욕심을 내보려 한다. 지난 10년, 작은 화면 속에서 책이 주는 감동과 재미를 나누는 것만으로도 충분히 행복했지만, 앞으로는 이 나눔의 물길을 더 넓고 거대하게 터보고 싶다. 그러면서 꿈을 꾼다. 책을 읽는 사람들이 모여 세상을 돕는 일이, 엄숙하고 비장한 봉사가 아니라 마치 록 페스티벌처럼 신나고 근사한 하나의 '문화'가 되는 장면을. "책 읽어서 뭐 해?"라고 묻는 세상에 보여주고 싶다. 책을 읽은 사람들이 뭉치면 얼마나 다정하고도 강력한 힘을 발휘할 수 있는지를. 책에서 받은 선한 영향력이 책갈피 속에만 머물지 않고, 세상 밖으로 널리 퍼져 나갈 때 비로소 독서는 완성된다고 믿는다. 이 책의 마지막 페이지를 넘기며, 나는 다시 첫 페이지를 넘기는 상상을 한다. 이번에는 내 책이 아니라, 여러분과 내가 함께 써 내려갈 '우리의 10년'이라는 책의 첫 페이지다. 지나온 10년은 책이 나를 살렸듯, 다가올 10년은 책을 통해 단단해진 우리가 서로를, 그리고 세상을 조금 더 따뜻하게 안아줄 수 있기를 바란다.

　숲은 한 종류의 나무로만 이루어지지 않는다. 일찍 피는 벚꽃도 있고, 늦게 피는 철쭉도 있고, 줄기에서 툭 튀어나온 엉뚱한 꽃도 있다. 나무의 수령도, 꽃의 나이도 제각각이다. 나는 마흔 살에 이 첫 책을 내지만, 이 글을 읽고 있는 당신은 몇 살에 어떤 꽃을 피울지, 어느 계절에 가지를 뻗고 언제쯤 뿌리를 더 단단하게 내릴지 아무도 모를 일이다. 중요한 건 속도가 아니라, 우리가 '책'이라는 같은 숲 안에 머물며 서로의 성장을 지켜봐주고 있다는 사실이다. 메리 올리버는 물었다. "당신의 하나뿐인 야성적이고도 소중한 삶으로 무엇을 할 것인가?" 나는 대답한다. "읽고, 쓰고, 사랑하며 살 것이다." 그리고 당신과 함께 가장 즐겁고 아름다운 숲이 되고 싶다. 자, 이제 책을 덮고 당신의 계절을 맞이하러 갈 시간이다.

여기까지 읽느라 수고 많으셨다. 내 이야기는 여기서 끝이지만, 우리의 이야기는 이제 시작이다.

책여사의 인생 책

이 책에 소개된, 지난 10년 동안 저를 살리고 키운 보석 같은 책들을 모았습니다. 삶이 막막해 어디로 가야 할지 모를 때, 위로를 받고 싶지만 사람에게 기대기는 싫을 때 이 리스트가 당신에게도 다정한 처방전이 되어주기를 바랍니다.

처방1　멈춤이 불안한 당신에게

『지금 알고 있는 걸 그때도 알았더라면』 (류시화 엮음, 열림원)

숙취와 자괴감으로 뒹굴던 어느 날, 멈춰 있는 게 아니라 잠시 숨을 고르는 것뿐이라며 등짝을 쓸어주던 어머니의 손길 같은 시집입니다.

『혼자의 발견』(곽정은, 달)

누군가와 함께여야만 안심이 되던 20대의 제가, 병실에 고립되어 '혼자'를 견디기 위해 처음으로 제 돈 주고 산 책입니다.

처방2 타인의 시선과 비교 지옥에 빠진 당신에게

『지지 않는다는 말』(김연수, 마음의 숲)

가면 쓴 '착한 아이'로 사느라 곪아버린 마음을 도서관 구석에서 펑펑 울며 터뜨리게 해준 책입니다.

『여덟 단어』(박웅현, 인티앤)

초라해 보이는 내 인생의 점들도 언젠가 연결되어 별이 될 거라는 믿음을 심어준, 자존감 심폐소생술 같은 책입니다.

처방3 잠 못 이루는 밤, 불안이 꼬리를 물 때

『무심하게 산다』(가쿠타 미쓰요, 북라이프)

불면의 밤, 스마트폰 속 화려한 타인들의 삶을 훔쳐보며 괴로워하던 저를 비교 지옥에서 꺼내준 쿨한 언니의 조언입니다.

『나는 울 때마다 엄마 얼굴이 된다』(이슬아, 문학동네)

평생 일하느라 쉴 줄 몰랐던 엄마에게 책을 선물하게 만든 책입니다. 엄마에게 '자신을 돌볼 시간'을 선물하고 싶다면, 요시타케 신스케의 『더우면 벗으면 되지』라는 책도 추천합니다.

처방4　책 읽을 시간이 없다는 핑계가 떠오를 때

『벌집과 꿀』(폴 윤, 엘리)

일곱 편의 짧지만 강렬한 읽기 체험을 선사하는 단편집입니다. 짧은 시간이라도 충분히 황홀해질 수 있습니다.

『사랑이라니, 선영아』(김연수, 문학동네)

책태기가 올 때마다 꺼내 읽는 저만의 '아는 맛' 맛집입니다. 새로운 책이 버거울 땐, 이미 사랑했던 책을 다시 펼쳐보세요.

처방5　혼자 읽는 게 외롭거나 심심해질 때

『설국』(가와바타 야스나리, 민음사)

독서 모임의 묘미를 알게 해준 책입니다. 내가 감탄한 문장이 누군가에게는 지루할 수 있다는 '다름'을 인정하며, 우리는 더 넓은 세상(천국)

을 맛보게 됩니다.

『매니악』 (벵하민 라바투트, 문학동네)

도시락을 까먹어가며 읽다가 머리에서 핵폭탄이 터지는 것 같은 전율을 느꼈습니다. '진심'이 담긴 리뷰는 통한다는 걸 증명해준 고마운 벽돌 책입니다.

처방6 내 꿈이 너무 작고 초라해 보일 때

『코스모스』 (칼 세이건, 사이언스북스)

어린 시절 아빠가 돌려주던 지구본, 그리고 현실에 갇히지 않고 더 큰 우주를 꿈꾸게 해준 책입니다.

『차라투스트라는 이렇게 말했다』 (프리드리히 니체, 민음사)

고통과 시련까지도 내 삶의 연료로 삼겠다는 적극적인 긍정. 쫄보였던 제가 작가 인터뷰 현장에서 도망치지 않게 해준 단단한 주문입니다.

처방7 글쓰기가 두려워 시작조차 못 하고 있을 때

『쓰기의 감각』 (앤 라모트, 웅진지식하우스)

완벽주의를 내려놓으세요. 모든 명작도 처음엔 형편없었습니다. 일단 엉망으로라도 시작하게 만드는 용기를 줍니다.

『뼛속까지 내려가서 써라』(나탈리 골드버그, 한문화)

글이 안 써질 때 타이머를 켜고 뇌를 끄고 손만 움직이게 만든, 저의 빨간 모자 조교님 같은 책입니다.

『원씽』(게리 켈러 외, 비즈니스북스)

베란다의 레몬트리 앞에서 깨달은 '탁월함'의 비밀. 이것저것 다 잘하려는 욕심을 버리고, 가장 소중한 한 가지를 위해 잔가지를 쳐낼 용기를 줍니다.

이 리스트에 있는 책 중 단 한 권이라도, 당신의 마음에 닿아 당신을 조금 더 사랑하게 만들기를 바랍니다.

에필로그

책을 읽고 나는 내가 더 좋아졌다

어떤 삶은 미끄러지듯 휩쓸려가고, 어떤 삶은 스스로를 일으켜 세우며 나아갑니다. 그 차이를 만드는 건 무엇일까요? 10년 전, 예기치 못한 사고로 모든 것이 멈췄을 때, 저의 삶은 위태롭게 흔들리고 있었습니다. 그때 지푸라기라도 잡는 심정으로 책을 펼쳤습니다. 그저 '오늘 하루를 버틸 힘'이 필요했기 때문입니다. 그런데 놀랍게도 그 작은 선택이 이제는 제 삶의 뿌리가 되었습니다. 책을 읽는 동안에는 흔들리는 세상 속에서도 조금씩 단단해지는 저를 만날 수 있었습니다.

지금 책상 앞에 앉아 이 원고를 마무리하는 마음은 그 어느 때보다 홀가분하고도 묵직합니다. 아이러니지요. 소중한 책 친구들이 독자가 되어 저를 읽는다는 생각을 하면 마냥 설레기보다 두 어깨가 쪼그라드는 게 사실입니다. 이 한 권의 책이 부디 어떤 작은 가치라도 전달해야 할 텐데 하는 조바심에 잠 못 이루고, 종이가 되어준 나무에게 부끄럽지 않은 최소한의 의미는 담아야 했을 텐데 하며 이른 새벽 눈을 비비고 몸을 일으켰습니다. 하지만 그럼에도 마침표를 찍었기에, 이 순간만큼은 쪼그라든 어깨를 쭈욱 펼쳐보렵니다.

2024년 5월, 겁도 없이 "내 이야기를 책으로 써보겠다"라고 덤벼들었을 때가 생각납니다. 호기롭게 시작했으나 남의 글을 읽는 것과 내 삶을 활자로 엮어내는 것은 차원이 다른 일이라는 걸 그때는 몰랐습니다. 잊고 싶었던 상처를 다시 마주해야 했고, 부끄럽고 못난 모습까지 꺼내 보여야 했습니다. '내가 뭐라고 훈수를 두나' 싶어 몇 번이고 도망치고 싶은 밤도 있었습니다. 하지만 그 치열했던 과정을 통해 새삼 깨달은 것이 있습니다. "1이 100이 되고 다시 1,000 그리고 10,000이 되기까지 지름길은 없다." 한 페이지 한 페이지를 읽다 보면 어느새 수백 페이지의 책을 완독하게 되듯, 쓰는 일 역시 마찬가지였습니다. 매일 한 자 한 자 쌓아 올린 시간이 모여 비로소 한 꼭지가 되고, 마침내 이렇게 한 권의 책이 되었습니다.

우리는 너무 자주 타인의 10,000을 바라보며 감탄합니다. 그들이 어떤 비밀의 지름길을 알고 있는 것처럼요. 그러나 정말 우리가 보아야 할 것은 10,000을 만들기 위해 그들이 매일 쌓은 1+1+1+1+1의 시간입니다. 너무도 조용하고 사소해서 타인에게는 보이지 않는 시간이기도 합니다. 마치 깊은 땅속에서 묵묵히 자라는 대나무 뿌리와 같다고나 할까요.

그보다 더 경계해야 할 일이 있습니다. 바로 내가 오늘 더할 '1의 가치'를 스스로 깎아내리는 일입니다. 타인의 거대한 성취 앞에서, 오늘의 나를 작게 느끼고, 내 소중한 +1을 포기해 버린다면 10, 100, 1,000은 영원히 오지 않을지도 모릅니다.

제게 2025년은 바로 그 '1을 지키는 싸움'이었습니다. 화려한 성취나 대박은 없었을지 모르지만 쓰기가 익숙하지 않은 저 스스로를 억지로 책상 앞에 앉히고 한 줄, 두 줄 원고를 썼습니다. 도무지 쓰이지 않는 원고를 붙들고 씨름하는 날이면 어떤 날은 +1이 아니라 −1 같기도 했고, 어떤 날은 뒷걸음질만 한 것 같아 울고 싶을 때도 있었습니다. 하지만 그 모든 날이 모여 비로소 지금 이 책 한 권이 되었습니다. 독자들께 무책임한 말일지도 모르겠지만, 이 책의 완성도와는 별개로 저의 지난 10년, 책과 함께한 시절을 처음으로 활자로 묶어보았다는 것만으로도 저의 2025년은 충분히 성공적이라 말하고 싶습니다.

독자분들 그리고 나의 책 친구들, 여러분의 지난 1년은 어땠는지 묻고 싶습니다. 혹시 "먹고사느라 바빠서 책 한 줄 읽을 여유도 없었다"라고 자책하고 있지는 않은지, "올해도 이룬 것 없이 나이만 먹었다"라며 한숨 쉬고 있지는 않은지요. 그렇다면 부디 당당하게 고개를 들고 그 한숨을 거두어주길 바랍니다. 당장 눈에 보이는 성취가 없다고 해서 시간이 사라진 것은 아닙니다. 무사히 버텨낸 오늘 하루, 가족을 위해 흘린 땀방울, 누군가에게 건넨 다정한 말 한마디…. 그 모든 순간이 실은 여러분만의 '+1'의 순간입니다. 저도 모르는 사이 제 안의 대나무 뿌리가 자라고 있었던 것처럼, 여러분 또한 치열한 일상에서 묵묵히 당신을 지키는 +1을 쌓아왔음을 꼭 기억하길 바랍니다.

마지막으로 고단하지만 빛나는 각자의 여정에서, 책이 여러분의 '베이스캠프'가 되어주기를 바랍니다. 바깥세상의 속도가 버거워 숨을 고르고 싶을 때면, 언제든 이 안전한 베이스캠프에 돌아와 짐을 내려놓아도 좋습니다. 결국 책을 읽는다는 건, 타인의 이야기를 빌려 '나를 읽고, 나를 지키는 일'입니다. 그렇기에 때때로 책에 기대어 숨을 고르다 보면 문득 "책을 읽고 나는 내가 더 좋아졌다"라는 문장이 떠오릅니다. 언젠가 제 마음속에 자리하게 된 이 문장이, 여러분의 문장이 되기를 진심으로 응원합니다. 지금, 이 순간부터, 여러분만의 이야기가 발견되고 더 희망찬 이야기가 쓰이기를!

2026년 4월,
여러분의 +1을 응원하며 책여사 이지혜 Dream.

이 책에 소개된 도서 목록

가와바타 야스나리, 『설국』, 민음사, 2009

가쿠타 미쓰요, 『무심하게 산다』, 북라이프, 2017

게리 켈러 외, 『원씽』, 비즈니스북스, 2013

고다 아야, 『나무』, 책사람집, 2024

고수리, 『선명한 사랑』, 유유히, 2023

공익사단법인 전국유료실버타운협회·포푸라샤 편집부, 『그때 뽑은 흰 머리 지금 아쉬워』, 포레스트북스, 2025

곽정은, 『혼자의 발견』, 달, 2014

김수현, 『나는 나로 살기로 했다』, 클레이하우스, 2022

김연수, 『사랑이라니, 선영아』, 문학동네, 2015

김연수, 『파도가 바다의 일이라면』, 문학동네, 2015

김연수, 『지지 않는다는 말』, 마음의숲, 2018

김초엽, 『우리가 빛의 속도로 갈 수 없다면』, 허블, 2019

김혼비, 『아무튼, 술』, 제철소, 2019

나탈리 골드버그, 『뼛속까지 내려가서 써라』, 한문화, 2018

다비드 칼리, 『인생은 지금』, 오후의 소묘, 2021

라이너 마리아 릴케, 『젊은 시인에게 보내는 편지』, 디자인이음, 2020

류시화, 『지금 알고 있는 걸 그때도 알았더라면』, 열림원, 2014

마리나 사에스, 『오늘의 수영장』, 콤마, 2025

마이클 이스터, 『편안함의 습격』, 수오서재, 2025

멜 로빈스, 『렛뎀 이론』, 비즈니스북스, 2025

무라카미 하루키, 『달리기를 말할 때 내가 하고 싶은 이야기』, 문학사상, 2016

박웅현, 『여덟 단어』, 인티앤, 2023

백수린, 『아주 오랜만에 행복하다는 느낌』, 창비, 2022

벵하민 라바투트, 『매니악』, 문학동네, 2024

사노 요코, 『사는 게 뭐라고』, 마음산책, 2015

성해나, 『두고 온 여름』, 창비, 2023

안리타, 『사라지는, 살아지는』, 홀로씨의 테이블, 2023

안미란, 『너만의 냄새』, 사계절, 2005

앤 라모트, 『쓰기의 감각』, 웅진지식하우스, 2018

앤디 위어, 『프로젝트 헤일메리』, 알에이치코리아, 2021

양귀자, 『모순』, 쓰다, 2013

어딘(김현아), 『격 없는 우정』, 클랩북스, 2025

오션 브엉, 『기쁨의 황제』, 인플루엔셜, 2025

요시타케 신스케, 『더우면 벗으면 되지』, 주니어김영사, 2021

요시타케 신스케, 『머리는 이렇게 부스스해도』, 주니어김영사, 2022

요시타케 신스케, 『어쩌다 좋은 일이 생길지도』, 주니어김영사, 2025

요한 볼프강 폰 괴테 , 『파우스트』, 현대지성, 2024

요한 하리, 『도둑맞은 집중력』, 어크로스, 2023

유랑, 『망그러진 만화』, 좋은생각, 2022

은희경, 『새의 선물』, 문학동네, 2022

이슬아, 『나는 울 때마다 엄마 얼굴이 된다』, 문학동네, 2018

정여울, 『데미안 프로젝트』, 크레타, 2024

정유정, 『종의 기원』, 은행나무, 2016

정해연, 『홍학의 자리』, 엘릭시르, 2021

제임스 앨런, 『제임스 앨런 운의 법칙』, 21세기북스, 2024

제임스 클리어, 『아주 작은 습관의 힘』, 비즈니스북스, 2019

조예은, 『적산가옥의 유령』, 현대문학, 2024

천양희, 『새벽에 생각하다』, 문학과 지성사, 2017

칼 세이건, 『코스모스』, 사이언스북스, 2010

크리스 휘타커, 『나의 작은 무법자』, 위즈덤하우스, 2025

폴 윤, 『벌집과 꿀』, 엘리, 2025

프리드리히 니체, 『차라투스트라는 이렇게 말했다』, 민음사, 2004

한윤섭, 『숲속 가든』, 푸른숲주니어, 2025

같이 읽어요, 오늘도

1판 1쇄 발행 2026년 4월 8일

지은이 책여사
발행인 박명곤　**CEO** 박지성　**CFO** 김영은
기획편집1팀 채대광, 백환희, 이상지, 김진호
기획편집2팀 박일귀, 이은빈, 강민형, 박고은
기획편집3팀 이승미, 김윤아
디자인팀 구경표, 유채민, 윤신혜, 권지혜
마케팅팀 임우열, 김은지, 전상미, 이호, 최고은

펴낸곳 (주)현대지성
출판등록 제406-2014-000124호
전화 070-7791-2136　**팩스** 0303-3444-2136
주소 서울시 강서구 마곡중앙6로 40, 장흥빌딩 10층
홈페이지 www.hdjisung.com　**이메일(문의/제휴)** support@hdjisung.com
제작처 영신사

ⓒ 이지혜 2026

"Create Curious Contents"

현대지성은 호기심 어린 마음으로 작가님의 원고를 기다리고 있습니다.
원고 투고는 togo@hdjisung.com으로 보내주시면, 정성껏 검토 후 연락드리겠습니다.

이 책을 만든 사람들

기획·편집 이은빈　**디자인** 구경표　**일러스트** 조안들